HUMOR PICANTE DE ANTAÑO

Volumen 2

Cuentos sucios, chistes, historietas, chascarrillos y epigramas de los mejores autores castellanos.

Recopilación y prólogo de
JUAN BAUTISTA BERGUA

Colección La Crítica Literaria
www.LaCriticaLiteraria.com

Ediciones Ibéricas - Clásicos Bergua - Librería Editorial Bergua
Madrid (España)

Colección La Crítica Literaria
www.LaCriticaLiteraria.com
ISBN: 978-84-7083-176-8

Version original: "¡Calle, por todos los santos!" de la Librería Editorial Bergua
Volumen 2 de la serie "Ensaladilla" por U. L. D. E. C. (Juan B. Bergua)

Imagen de la portada:
William Adolphe Bouguereau (1825-1905) "The Youth Of Bacchus"

Ediciones Ibéricas - LaCriticaLiteraria.com
Calle Ferraz, 26
28008 Madrid
www.EdicionesIbericas.es
www.LaCriticaLiteraria.com

Impreso por LSI (internacional) y SAFEKAT S.L. (Madrid)

CONTENIDOS

EL CRÍTICO - JUAN BAUTISTA BERGUA

Juan Bautista Bergua nació en España en 1892. Ya desde joven sobresalió por su capacidad para el estudio y su determinación para el trabajo. A los 16 años empezó la universidad y obtuvo el título de abogado en tan sólo dos años. Fascinado por los idiomas, en especial los clásicos, latín y griego, llegó a convertirse en un célebre crítico literario, traductor de una gran colección de obras de la literatura clásica y en un especialista en filosofía y religiones del mundo. A lo largo de su extraordinaria vida tradujo por primera vez al español las más importantes obras de la antigüedad, además de ser autor de numerosos títulos propios.

SU LIBRERÍA, LA EDITORIAL Y LA "GENERACIÓN DEL 27"

Juan B. Bergua fundó la Librería-Editorial Bergua en 1927, luego Ediciones Ibéricas y Clásicos Bergua. Quiso que la lectura de España dejara de ser una afición elitista. Publicó títulos importantes a precios asequibles a todos, entre otros, los diálogos de Platón, las obras de Darwin, Sócrates, Pitágoras, Séneca, Descartes, Voltaire, Erasmo de Rotterdam, Nietzsche, Kant y los poemas épicos de La Ilíada, La Odisea y La Eneida. Se atrevió con colecciones de las grandes obras eróticas, filosóficas, políticas, y la literatura y poesía castellana. Su librería fue un epicentro cultural para los aficionados a literatura, y sus compañeros fueron conocidos autores y poetas como Valle-Inclán, Machado y los de la Generación del 27.

EL PARTIDO COMUNISTA LIBRE ESPAÑOL Y LAS AMENAZAS DE LA IZQUIERDA

Poco antes de la Guerra Civil Española, en los años 30, Juan B. Bergua publicó varios títulos sobre el comunismo. El éxito, mucho mayor de lo esperado, le llevó a fundar el Partido Comunista Libre Español que llegaría a tener más de 12.000 afiliados, superando en número al Partido Comunista prosoviético oficial existente. Su carrera política no duró mucho, después que estos últimos le amenazaran de muerte, viéndose obligado a esconderse en Getafe.

LA CENSURA, QUEMA DE LIBROS Y SENTENCIA DE MUERTE DE LA DERECHA

Juan B. Bergua ofreció a la sociedad española la oportunidad de conocer otras culturas, la literatura universal y las religiones del mundo, algo peligrosamente progresivo durante la dictadura de Franco, época reacia a cualquier ideología en desacuerdo con la iglesia católica.

En el 1936, el ejército nacionalista del General Franco llegó hasta Getafe, donde Bergua tenía los almacenes de la editorial. Fue capturado, encarcelado y sentenciado a muerte por los Falangistas, la extrema derecha.

Mientras estuvo en la cárcel temiendo su fusilamiento, los falangistas quemaron miles de libros de sus almacenes por encontrarlos contradictorios a la Censura, todas las existencias de las colecciones de la Historia de Las Religiones y la Mitología Universal, los libros sagrados de los muertos de los Egipcios y Tibetanos, las traducciones de El Corán, El Avesta de Zoroastrismo, Los Vedas (hinduismo), las enseñanzas de Confucio y El Mito de Jesús de Georg Brandes, entre otros.

Aparte de los libros religiosos y políticos, los falangistas quemaron otras colecciones como Los Grandes Hitos Del Pensamiento. Ardieron 40.000 ejemplares de La Crítica de la Razón Pura de Kant, y miles de libros más de la filosofía y la literatura clásica universal. La pérdida de su negocio fue un golpe tremendo, el fin de tantos esfuerzos y el sustento para él y su familia... fue una gran pérdida también para el pueblo español.

PROTEGIDO POR GENERAL MOLA Y EXILIADO A FRANCIA

Cuando General Emilio Mola, jefe del Ejército del Norte nacionalista y gran amigo de Bergua, recibe el telegrama de su detención en Getafe, intercede inmediatamente para evitar su fusilamiento. Le fue alternando en cárceles según el peligro en cada momento. No hay que olvidar que durante la guerra civil, los falangistas iban a buscar a los "rojos peligrosos" a las cárceles, o a sus casas, y los llevaban en camiones a las afueras de las ciudades para fusilarlos.

¿El General y "El Rojo"? Su amistad venía de cuando Mola había sido Director General de Seguridad antes de la guerra civil. En 1931, tras la proclamación de la Segunda República, Mola se refugió durante casi tres meses en casa de Bergua, y para solventar sus dificultades económicas, Bergua publicó sus memorias. Mola fue encarcelado, pero en 1934 regresó al ejército nacionalista y en 1936 encabezó el golpe de estado contra la República que dio origen a la Guerra Civil Española. Mola fue nombrado jefe del Ejército del Norte de España, mientras Franco controlaba el Sur.

Tras la muerte de Mola en 1937, su coronel ayudante dio a Bergua un salvoconducto con el que pudo escapar a Francia. Allí siguió traduciendo y escribiendo sus libros y comentarios. En 1959, después de 22 años de exilio, el escritor regresó a España, y a sus 65 años comenzó a publicar de nuevo hasta su fallecimiento en 1991. Juan Bautista Bergua llegó a su fin casi centenario.

Escritor, traductor y maestro de la literatura clásica, todas sus traducciones están acompañadas de extensas y exhaustivas anotaciones referentes a la obra original. Gracias a su dedicado esfuerzo y su cuidado en los detalles, nos sumerge con su prosa clara y su perspicaz sentido del humor en las grandes obras de la literatura universal con prólogos y notas fundamentales para su entendimiento y disfrute.

Cultura unde abiit, libertas nunquam redit.
Donde no hay cultura, la libertad no existe.

El Editor

PRÓLOGO

Lectora bella y curiosa, si no eres tonta y mojigata, y tú, lector amable y despreocupado, excesivamente timorato, y una y otro no pretendéis sino pasar el rato alegremente convencidos de que la risa es el mejor y más sano de los dones que los dioses concedieron a los mortales, hacéis bien en tomar este libro en vuestras manos. Mas, si sois de los que pretenden quitarse la roña espiritual a fuerza de agua bendita; de esos hipocritonzuelos que fingen asustarse de todo y que de todo se escandalizan, de los tan "finodos" que a la mierda la llaman caca, "tras" al culo y antes darán mil rodeos y alusiones o citarán palabras tan extrañas a nuestro rico castellano como "cocotte" o "hetaira" que pronunciar una tan castiza, clara, sonora y añeja como la biensonante "puta", entonces, si de tales sois, soltad pronto estas hojas impresas, no os manchen y las manchéis con vuestras manos.

Suéltenlas también de las suyas lúbricas y puercas aquellos que le hayan tomado creyendo encontrar en él con qué dar pábulo a su rijosidad erótica. Este libro no es un libro pornográfico. Sólo pretende hacer reír, no excitar pasiones escondidas. Su contenido es una serie de chistes, epigramas y dichos más o menos atrevidos—más con alguna frecuencia—; cuentos de todos los colores, olores y sabores, y chascarrillos unas veces simplemente graciosos, otras atrevidos y otras más atrevidos todavía; tan atrevidos que quizás lleguen por descuido nuestro en alguna ocasión a desvergonzados, pero nunca tan puercos que pequen de groseros, ni tan libres que parezcan libertinos ni menos eróticos.

Entendemos que se puede pasar el rato sin caer en la baja lujuria. Que puede decirse todo sin ofender con el mal gusto y la procacidad, y, consecuentes con esta opinión, no limitaremos en cuanto a la forma a llamar al pan, pan, y al vino, vino, mientras este pan y este vino no pasen de ese límite que separa siempre, para bien del buen gusto, lo alegre y lo picaresco que a todos regocija, de lo chabacano y lo soez que ofende a los no soeces y chabacanos. Y en cuanto al fondo, ya lo hemos dicho: no se trata sino de una recopilación de chistes, chascarrillos, hechos graciosos, dichos agudos, epigramas de los mejores autores castellanos y cuentos sucios (no puercos, que no queremos que digan: "¡Qué tío cerdo!", pero no nos importaría: "¡Caray!; tiene gracia este tío cochino!"); de modo que cuentos sucios y de esos otros que se suelen llamar "verdes", que corren de boca en boca y que se oyen con tanto requetepijotero gusto. Aquellos, los sucios, los escribiremos, por lo general, con todas sus letras, porque si no, no tienen gracia; éstos los adobaremos sustituyendo por sal la pimienta más gruesa, pues no es lo mismo oírlos de juerga, entre amigos, vino y quizá mujeres, que a palo seco y cara a cara con el libro. Ahora que su color y su sabor intacto quedará.

En una palabra: nuestro lema es ¡Viva la alegría sin inmoralidad! Y sin faltar a tan rígida y respetable señora, procuraremos dar risa y de regocijo.

Si así lo conseguimos, nos daremos por tan satisfechos que hasta tendremos ánimos para seguir coleccionando divertidas facecias; si no, sea el olvido con este volumen y el ayuno con quien lo aderezó.

Y señor, Dios con todos.

Juan Bautista Bergua
U. L. D. E. C.

HUMOR PICANTE DE ANTAÑO

Volumen 2

LaCriticaLiteraria.com

LO QUE VALE LA VIRTUD SIN LA NECESIDAD

Bujarrona Penélope, ¿qué puto
te dio nombre de casta, pues tenías
muy gentiles capones que comías
estando ausente tu marido astuto?
A fe que no lo hallara tan enjuto
si el comer te faltara cuatro días.
¡Dura necesidad, si tú porfías,
los cuernos pondrá Porcia al mismo Bruto!
Son todas las mujeres principales;
pero si alguna su virtud desprecia,
necesidad la obliga a casos tales.
No le dieron dineros a Lucrecia,
que, ¡vive Dios!, a dalle cien reales
ella fuera más puta y menos necia.

(QUEVEDO)

—

No hacía mucho más de un año que hubieron de celebrar sus bodas. Eran jóvenes y adinerados ellos; bellas, elegantes y muy a la moderna ellas.

Los dos maridos volvieron a encontrarse en el club donde en la época de solteros sacudieron el tedio de su vida muelle y reposaron la pereza sobre cómodos divanes. Fue una gran alegría verse de nuevo y cambiar impresiones más o menos atinadas sobre la felicidad conyugal. Y llegó la hora de las confidencias; de muy íntimas confidencias, que hubieran hecho enrojecer a nuestros abuelos; pero que en nada pueden extrañar en esta época civilizada en que el vicio tiene plaza dentro del matrimonio.

Uno de los amigos contaba, de su mujer, las más raras excentricidades.

—Mira —decía—, Chinita ama el deporte más que a aquellas amigas de colegio con quienes gozó de las primeras frivolidades, y, desde luego, mucho más que a mí. Especialmente el deporte del automóvil es para ella una obsesión. De noche sueña con el magnífico *Packard,* ocho cilindros en línea, que ha adquirido. Dormida, agarra fuertemente algo muy sensible mío y, creyendo, sin duda, que tiene en su mano la palanca de cambio de velocidades, lo zarandea fuertemente, gruñendo entre sueños: "Primera... segunda... marcha atrás". Te juro que a veces creo que terminará por arrancármelo, y he de despertarla indignado.

—Pues, chico —agregó, sonriendo, el camarada—, la misma locura automovilística ha atacado a Pichina, mi mujercita. No le basta pasar el día devorando kilómetros de carretera con su *Chrysler,* sino que ha de pasar también toda la noche viajando entre sueños. Apenas cierra los ojos, ya está empuñando el volante y apretando frenos y acelerador. Realiza una a una todas las maniobras frecuentes en la conducción, y con manos y pies me da unas palizas que me obligarán a tomar otro lecho para descansar. Pero anoche llegó al colmo de la propiedad con que sueña esos viajes. Figúrate que, después de mucho manotear, queda tranquila e inmóvil. Esto me hacía sospechar que se había detenido en su carrera y hasta me hizo concebir la esperanza de que podría dormir un rato, cuando siento que toma fuertemente mi trozo sensible, tira de él sin piedad e, introduciéndolo en el agujero más retardado de su cuerpo, dice con voz autoritaria: "Póngame veinte litros".

—

Al indicar en tu casa que iba
contigo a casarme,
tu madre ha dicho... que nones,
y yo la he dicho... que pares.

(A. Ramiro)

—

Un buen marido, amante como pocos de su mujercita, acostumbraba a comprar diariamente el postre con que su tierna esposa había de deleitarse después de la cena, no menos salpicada con besos que con manjares.

Cierta noche quedó prendado de unos plátanos magníficos que, colgados a la puerta de una de las mejores y más céntricas fruterías, hubieran producido la envidia de cualquier marido bondadoso y habría colmado la esperanza de la más delicada y moderna damisela. Y nuestro hombre adquirió dos de los más sabrosos, y los acondicionó con grandes cuidados en los bolsillos de su americana.

En la Puerta del Sol tomó el tranvía. La afluencia de gente que a esa hora, precursora de la cena, llena todos los vehículos, apretujó al cariñoso marido en la plataforma trasera, y tanto le aprisionaron, que poco después uno de los plátanos era una masa informe y aplastada en el interior del bolsillo.

No poco maldijo de aquel hacinamiento humano que estropeó uno de los plátanos, y se dispuso a defender el otro a todo trance. Para ello lo tomó, y, envolviéndolo con su mano, metió mano y plátano en el bolsillo que acostumbran a llevar en la parte trasera los pantalones varoniles. En tal postura —la mano por escudo de la fruta—, ya podrían estrujarse los viajeros en aquella plataforma sin que peligrara el postre destinado a su mujercita.

Así prevenido el esposo, el tranvía siguió su ruta sin detenerse, y el marido, contento de su idea —la mano atrás empuñando el plátano, que sentía entre sus dedos—, gozaba al contacto de la fruta, pensando en la alegría de su mujer cuando la estuviese palpando con la misma fruición con que él lo hacía ahora.

Al llegar a Pardiñas, el vehículo se detuvo. El caballero que iba de pie detrás del marido, tocó a éste en el hombro para advertirle:

—Caballero, ¿tiene la bondad de soltar?, que voy a apearme.

—

El vulgo comúnmente se aficiona
a la que sabe que es doncella y moza,
porque así le parece al que la goza
que la coge la flor de su persona.
Yo, para mí, más quiero una matrona,
que con mil artificios se remoza
y por gozar de aquel que la retoza
una hora de la noche no perdona.
La doncella nada hace de su parte
cuando la gozan, cosa que aproveche:
ni se mueve ni da los dulces besos;
mas la otra lo hace de tal arte,
y amores os dirá, que en miel y en leche
convierte la medula de los huesos.

(QUEVEDO)

—

Un abogado célebre abordó cierto día a una linda muchacha, que no le rechazó, pero que se negó a acompañarle a un hotel. Sin embargo, consintió en dar un paseo en coche con él.

El feliz conquistador tomó uno de esos simones tirados por un caballejo y ordenó al cochero que siguiese a un entierro que por allí pasaba, deseoso, sin duda, de que el vehículo fuese despacio.

Inútil es decir lo que ocurrió. El señor consiguió de la muchacha todo lo que quiso y algo más. Pero todo tiene un término. El cortejo llegó a la puerta de la Necrópolis. El caballero descendió del coche con su amiga y dijo al cochero:

—¿Cuánto le debo?

Pero se adelantó a contestar uno de los que formaban el duelo:

—Deje, deje, caballero: todos los gastos son de cuenta de la familia.

—

A su esposo una marquesa
decía mostrando enfado:
—¡Es tu amigo muy pesado!
—¡Caramba! Pues buena es ésa
—dijo el marqués atufado—;
—¿cómo sabes lo que pesa?

(ANITA CUELLO)

—

En ciertos bares de Montmartre se encuentran encantadores muchachitos, bien vestidos, que tienen un modo especial de entender el amor. Cierto que esto les reporta apreciables ventajas materiales.

Uno de estos muchachos, queriendo ampliar sus negocios, se le ocurrió ir a buscar clientes a su domicilio.

Cierto día se presentó en casa de un célebre novelista, del que, sin duda, le habían dicho era un aficionado a las sensaciones raras. Los informes eran totalmente inexactos. En cuanto el jovencito empezó a ofrecer *sus servicios,* el novelista, rojo de cólera, le arrojó de su presencia:

—Y no se le ocurra volver jamás por aquí —le gritó—, o le daré un puntapié en el trasero... ¡y calzo el cuarenta y cinco!

—No pido yo tanto... —murmuró el joven expulsado.

—

LA CLARABOYA DE RITA

La claraboya del techo
molestaba a Rita Moya.
—Tápala, Juan—. Dicho y hecho:
le tapó la claraboya.

—

Una joven doncella decía a su amo, que la estrechaba entre sus brazos:

—No es que el señor me disguste... no... al contrario... Sólo que, como decía mi madre, que era aldeana: "El honor es un trocito de tierra. Y cuando sólo se tiene un trocito de tierra, no hay que dejar a todo el mundo que plante en él sus coles".

—

Estando Inés en su quinta,
le dio su esposo una cesta
llena de sabrosas frutas
para que la repartiera
entre todos los amigos
que se encontraban con ella.
Así lo hizo, y a Ricardo
le dio un par de hermosas brevas,
a Luis un albaricoque
y un melocotón a Elena;
a Miguel una manzana
y un puñado de cerezas;
y a Juan, porque llegó tarde,
sólo le tocó una pera.

(X. X. X.)

—

PARA LOS DOS

De una sentencia de divorcio, pronunciada recientemente por el Tribunal del Sena:

"Considerando que los esposos Z... piden ambos el divorcio;

Considerando que el señor Z... y su mujer tienen ambos la misma querida, a la que sostienen con sus rentas matrimoniales;

El Tribunal estima que los motivos de los cónyuges son semejantes;

Y, por tanto, acuerda el divorcio, con las costas para ambos esposos."

—

Marchó a América don Blas
a recoger una herencia,
y su esposa, de su ausencia,
se consoló con Tomás.
Y su cariño profundo
afirma que es permitido,
porque ha tiempo que el marido
se encuentra en el otro mundo.

(S. PÉREZ)

—

Totó es una encantadora criatura a la que sus padres tienen engolosinada, y es, además, de una glotonería excesiva. Todo lo que le parece comestible se lo quiere engullir.

Una tarde, que tenía unas perras en el bolsillo, se escapó de su casa, bajó la escalera de cuatro en cuatro y se precipitó en la confitería.

—Oiga, confitero, querría un bebé de chocolate.

—¿Niño o niña? —preguntó el comerciante.

—Un niño —contestó la muchacha con viveza—, porque así tiene más que comer...

—

La viuda de Antón Juanelo,
a quien un toro mató,
tal la pobre se afligió
que en nada hallaba consuelo.
—¡No puedo dar al olvido—
—decía— al que tanto lloro!
Cada vez que veo un toro
me acuerdo de mi marido.

(X. X. X.)

—

PUBLICIDAD

En un casino de Argel se exhibe una bailarina con muy poca ropa, como exige la moda en los *music halls.*

En el programa del concierto se anuncia así la artista:

"La señorita X... ha sido operada, hace algunos meses, de una apendicitis, por el célebre doctor X... y la operación está tan admirablemente hecha que la cicatriz es casi imperceptible. Invitamos a los espectadores a que, mientras la artista baila, la examinen atentamente con los gemelos, y se convencerán de la finura del trabajo del doctor X..."

Bloch y Levy están invitados a comer en casa de un amigo.

Levy aprovecha el momento en que está más animada la conversación para robar un tenedor y un cuchillo de plata, que oculta rápidamente en el bolsillo interior de su chaqueta.

Pero Bloch, que tiene vista de lince, ha observado la maniobra.

—Yo soy —dice— un gran prestímano y tengo trucos muy vistosos.

Todos le piden que haga uno.

—Con mucho gusto —dice Bloch—. Empiezo: Cojo este cuchillo y este tenedor. Los meto en mi bolsillo, como podéis ver perfectamente, y digo: uno... dos... y tres... ¡Espíritu, pasa al bolsillo interior de Levy!... Ahora podéis comprobarlo: El tenedor y el cuchillo... están en el bolsillo de Levy...

—

Llevó una vela a Cupido,
Adela en cierta ocasión,
con ferviente devoción,
para obtener un marido.
Y díjola el dios: —Adela,
lo tendrás a tu medida;
pero, entretanto, querida,
sírvete aún de la vela.

(P. DE JÉRICA)

—

Dos amigos tenían la misma querida. Semejante *ménage à trois* era feliz: A... iba los miércoles, viernes y domingos. G... iba los demás días de la semana.

Un día, Adela (éste era el nombre de la encantadora muchacha) comunicó a sus amantes que estaba encinta. Esta noticia les conmovió, y ambos discutieron acerca de cómo iban a educar a su futuro hijo.

Llegó el día del parto. G... va a saber noticias, y en la escalera se encuentra a A..., qué baja trastornado, los ojos llenos de lágrimas.

—¿Qué ha ocurrido?—pregunta el primero, inquieto.

—¡Ay, ay! —responde A... entre sollozos—. ¡Imagínate!... ¡Adela ha dado a luz dos gemelos, y el mío ha nacido muerto!

—

UN PREVISOR DEL PORVENIR

El señor de La Reynière debía contraer matrimonio con la señorita Jarinte, muchacha joven y amable. Un día que regresaba de verla, encantado de la dicha que le esperaba, decía a su cuñado Malesherbes:

—¿No crees que seré completamente feliz?

—Eso depende de varias circunstancias.

—¿Cómo? ¿Qué quieres decir?

—Sobre todo, del primer amante que tenga.

—

A Recaredo, joven de buen talle,
un pisotón le dieron en la calle.
Y el fiero pisotón trajo por cola
un desafío, a muerte y a pistola.
Marró el tiro el imberbe Recaredo,
y, al mismo tiempo, se cagó de miedo.
Y, excusando su mala puntería,
—No le maté —decía
en tono de bravata—,
porque el tiro salió por la culata.

—

No laváis el honor, ¡oh valentones
que del duelo ensalzáis la conveniencia!;
antes bien, añadís a sus borrones
la mancha de la culpa en la conciencia
y, en muchas ocasiones,
la mancha de la mierda en los calzones.

(X.)

—

En una Sociedad de cazadores se cuentan historias de perros. Uno dice:

—Yo tenía un perro extraordinario: todas las mañanas le daba diez céntimos; él iba a la panadería y se compraba un panecillo, que se comía en casa. Pero un día volvió sin el panecillo; al día siguiente, lo mismo; al tercer día, lo mismo. Y entonces me dedico a vigilarle. Veo a mi perro que llega a la panadería, da sus diez céntimos y recibe el panecillo; lo coge con los dientes y se va. Cuando llega a un paseo, se apresura... En el fondo, en una cueva, estaba tumbada una perra enferma; llega allí, deja el pan y se vuelve a casa.

Todos los oyentes quedan admirados de la inteligencia del animal.

Entonces, otro cazador dice a su vez:

—¡Toma!... Pues eso no es nada. Yo tenía un perro y le daba diez céntimos para comprar un panecillo. Un día me encuentra el panadero y me dice:

—¿Por qué su perro no viene ya a comprar el panecillo? Hace cuatro días que no lo veo.

—¿Cómo? —le dije—. ¡Eso es imposible! Todos los días le doy el dinero.

—Pues así es —me contesta el panadero.

Entonces yo también me dedico a seguir al perro. Y veo que mi animalito coge los diez céntimos, corre al extremo del jardín y los entierra. Y cuando consiguió reunir una peseta, va a casa del tendero y se compra un salchichón...

—

Viendo llorar con despecho
por la calle a Salomé,
la dije: —¿Qué tiene usted?
Descúbrame usted su pecho—.
Ella, que es de buena masa,
contestó muy diligente:
—¡Hombre, aquí nos ve la gente!
Se lo enseñaré a usted en casa.

(M. MARTÍNEZ)

—

HISTORIETA

I

—Es muy sencillo: ¡Dame cincuenta luises y seré tu amante! Rica y casada, no vayas a creer que es por interés; pero quiero asegurarme de la sinceridad de tu amor.

II

—Querido, me vas a hacer un favor: Préstame mil francos por veinticuatro horas.

—¿No será para hacer mal uso de ellos?

III

—¡Ah! Gracias... y, sobre todo, amigo mío, no pienses mal...

—¡Que niñada, querida! Sé muy bien que ese dinero irá a tus pobres.

IV

—¡Hola! ¿Tú por aquí? Precisamente acabo de encontrar a tu mujer y la he dado los mil francos. Pídeselos... y gracias.

—No hay de qué, querido.

V

—A propósito, querida, dame el billete de mil francos.

—¿Cómo?

—Sí, el billete que te ha dado Gastón ahora; le he encontrado y me ha dicho...

VI

—¿Qué? ¿Qué? ¿Qué te ha dicho?

—Nada más que eso, querida; me ha dicho que te había encontrado y que te había dicho me entregaras los cincuenta luises que me pidió prestados ayer.

—

De estar el arte perdido
se lamentaba un torero,
diciendo: —¡Es mucha la gente
que vive hoy de los cuernos!

(MARIO)

—

En una pequeña ciudad del Mediodía, el notario hace los honores de la localidad a un parisién que va de viaje. De pronto se cruza con una joven.

—¿Ve usted esa rubita? —dice el notario— Es la mujer del recaudador. Qué, mi amigo, ¿hay muchas tan lindas en París?

—No está mal la chica—asiente el otro.

—¿Cómo mal? ¡Es usted modesto!... El talle, los brazos, las piernas, los hombros, la garganta, las caderas, los muslos; un... —E interrumpiendo su enumeración: —Y virtuosa como no encontrará usted otra en su boulevard de los Italianos.

—

La mamá lleva a su hija Niní a casa de un joyero para comprarle unos pendientes, a la vez que le abren las orejas; pero la niña no parece muy conforme.

—Vamos —le dice su mamá—, no tengas miedo, puesto que el buen Dios quiere que se pongan pendientes en las orejas de las niñas.

—¡Oh! —dice Niní—. Pues yo creo que si el buen Dios hubiese querido que se pusiesen pendientes en las orejas, él mismo hubiese hecho los agujeros.

—

Primero es el besalla y abrazalla,
y con besos un poco entretenella;
primero provocalla y encendella,
para que entre con brío en la batalla.
Primero es el por fuerza arrezagalla,
metiendo piernas entre piernas de ella;
primero es acabar esto con ella;
después viene el deleite de gozalla.
No hacer como acostumbran los casados;
más de llegar y hallarla aparejada,
de puro dulce creo da dentera.
Han de ser por contentos deseados;
si no, no dan placer, ni valen nada:
que no hay quien lo barato comprar quiera.

(QUEVEDO)

—

LA BARBA DE M. BALTARD

M. Baltard era un arquitecto que usaba una magnífica barba, de la que estaba orgulloso y cuidaba con cariño. En una ocasión, la reina de Inglaterra visitó París, y la ciudad la obsequió con soberbias fiestas, como se acostumbraba en tiempos de los *tiranos*. En el programa figuraba un baile en el Ayuntamiento, en el que hubo que hacer reformas, de las que se encargó M. Baltard. Terminado su trabajo, el ilustre arquitecto fue a ver al barón Haussmann:

—Señor prefecto —le dijo—, voy a pediros un favor.

—¿Qué es?

—Presentadme a la reina cuando venga mañana.

—Conformes. Pero sabéis, mi querido arquitecto, que la barba está mal vista entre los ingleses. Por tanto, os aconsejo que os afeitéis. Sólo a ese precio hago vuestra presentación.

M. Baltard se comprometió a afeitarse, no sin lanzar un profundo suspiro.

Llegada la noche del baile, el arquitecto, completamente afeitado, se sentó al lado del prefecto. Al entrar la reina, se hicieron las presentaciones de rigor, y cuando hubo de terminar M. Haussmann, miró con extrañeza a un individuo que le hacía gestos desesperados.

—¿Qué os ocurre, caballero? —le dijo—¿Y quién sois?

—¿Que quién soy?... Pero si me conocéis muy bien: soy Baltard, y me habéis prometido presentarme a la reina de Inglaterra.

—A fe mía, querido —exclamó el barón, riendo—, la falta de la barba os da una fisonomía tan distinta que no os había reconocido.

—

Junto al hogar de un cortijo
se hallaban Inés y Antonio,
cuando un olor del demonio
se notó, a lo que ella dijo:
—¡Ay, qué olor! ¿Te quemas, hijo?
De cuernos es, sin disputa—.
Pero, con calma absoluta
Antonio la contestó:
—¿De cuernos? Pues, hija, yo
huelo nada más que a puta.

(A. NADAL)

—

CULTURA DE LOS PUEBLOS

El viejo diplomático chino Li-Tsching-Wan, que conoce el mundo entero —y hasta el *demi-monde*— y que ha representado al Celeste Imperio como cónsul, ministro y embajador en más de treinta capitales, resume así su opinión sobre las diversas naciones:

—Si la cultura inglesa dominase en el mundo, el planeta sería un campo de juegos, un *comptoir* y una agencia marítima.

—Si dominase la cultura americana, el planeta sería una fábrica, un *ring,* un cinema y un *music-hall.*

—Si dominase la cultura árabe, el planeta sería un harén.

—Si dominase la cultura china, el planeta sería una tienda, un fumador de opio y un barco lleno de flores.

—Si dominase la cultura española, el planeta sería un monasterio, un convento y una plaza de toros.

—Si dominase la cultura rusa, el planeta sería un asilo de locos y un salón de conferencias.

—Si dominase la cultura polonesa, el planeta sería una sala de conciertos y un *dancing.*

—Si dominase la cultura francesa, el planeta sería un museo, un teatro, un salón... y otro salón.

—Si dominase la cultura alemana, el planeta sería un cuartel.

—

Un día toqué yo un pito
debajo de una ventana;
asomóse doña Juana
y me gritó: —¡Qué bonito!
—¿Veslo? —la dije cortés.
—Sí, señor: ¡quién lo tuviera!—
Metilo en la faltriquera
y añadí: —Ya no lo ves.

(R. de Crespo)

—

El famoso Talleyrand, ya bastante viejo, hacía el amor a una dama de la nobleza, que no quería saber nada de él.

—Es encantador, ¡pero muy viejo! —decía ella a sus amigas.

Pero Talleyrand no se daba por vencido.

Diariamente, la dama recibía una ardiente carta del ilustre político.

Cansada ya, un día le contestó con estas sencillas palabras:

"Caballero: Me serviré de sus cartas para limpiarme el culo."

Talleyrand se limitó a enviarle esta cuarteta:

"Pequeños papelitos, os envidio;
seguid, seguid vuestro destino;
pero, al pasar, yo os lo suplico,
anunciad mi visita a su vecino."

—

—Es el retrato de nuestro pequeñín... un encanto; pero no se parece en nada a mi mujer ni a mí.

—¡Pues todo el mundo dice que se parece mucho a su padre!

—

Doce cornudos, digo, comediantes,
que diz que todo es uno, y otra media
docena de mujeres de comedia,
medias mujeres de los doce de *antes;*
tropa de feligreses y de amantes,
con que su amor con otro amor remedia,
iban acompañando la tragedia
del yerno de Avicena y de Cervantes.

Era Mari-Morales de la boda
y con razón dignísima madrina,
por ser de putas y cornudos toda.
Aprenderá su ahijada la doctrina;
que fácil a ser puta se acomoda
la que su amor a comediante inclina.

(VILLAMEDIANA)

—

PASION ROMANTICA

En su juventud Enrique Murger tenía una amante algo viciosa, que siempre estaba buscando sensaciones violentas. La gustaba pasearse, de noche, por los lugares desiertos y peligrosos o en los bosques donde podía encontrar algún merodeador malintencionado.

Un día dijo a Murger, que la reprochaba su frialdad con él:

—Vamos a ver, mi pequeño Enrique: tú eres un buen muchacho, muy gentil, muy enamorado, muy cariñoso para mí... No es eso lo que echo de menos... ¡Ah! Si fueses un bandido, ¡cómo te amaría!

Y de repente exclamó:

—¡Mira! Trátame como a una cualquiera; eso me excitará. Dame un duro y llámame ramera.

Murger, para complacerla, hizo lo que le decía. Ella saltó a su cuello, y la aventura terminó del modo más agradable.

Pero por aquellos días, como casi siempre, el buen Murger tenía poco dinero, y por la noche, a la hora de cenar, el duro aquél le hacía mucha falta.

Entonces dijo a su amiga:

—Oye, querida.

—¿Qué quieres, amor mío?

—¿Quieres hacerme un favor?

—Después de lo que has hecho por mí sería yo muy ingrata:

—¡Bueno! Pues... llámame chulo y devuélveme el duro.

—

Por entrar don Venancio, a la carrera,
en inmundo y oscuro cagadero,
metió el pie en el pestífero agujero,
y de mierda manchóse la pernera.
Con calma todos tus negocios trata;
si te apresuras, meterás la pata.

—

Anatole France habitaba desde la guerra una bonita propiedad en los alrededores de Tours. Un día se detuvo un auto a su puerta y de él descendieron cuatro extranjeros, que pidieron verle.

Eran sudamericanos riquísimos; dos hombres y dos mujeres. Uno de ellos saludó al maestro y le expuso en mal francés:

—Hasta nosotros ha llegado el rumor de que érais un gran admirador de la antigüedad y que teníais a vuestro servicio varias cortesanas completamente desnudas. Nosotros pagaríamos lo que fuese, pero querríamos verlas.

Anatole France se quedó muy serio y respondió que, en efecto, no les habían engañado; pero que sus cortesanas las tenía en su casa de la ciudad, e invitando a sus visitantes a verlas en el acto, les dio las señas de una casa... muy hospitalaria de la linda población.

Excusado es decir que allí fueron muy bien recibidos.

—

Grey de médicos estulta
de Pilar juzgaba el llanto,
y después de gran consulta
decide la turbamulta
que lavativas al canto.
Y dijo el de cabecera:
—¿Quiere se las eche yo?—
Pilar, con voz lastimera:
—Por un lado bien quisiera;
pero por el otro no.

(M. SÁEZ MIERA)

—

Un joven debutante en el teatro desempeñaba en una obra un papel de *un invitado.* Sólo tenía que decir siete palabras. Se inclinaba ante la dueña de la casa y decía:

—Vuestra mano, condesa... Permitidme que la bese.

Pero no hay papeles pequeños para un verdadero actor. La noche del estreno, nuestro hombre, queriendo demostrar su talento, estrecha vigorosamente la mano de la dama, diciendo:

—¡Vuestra mano, condesa!

Y luego, adelantándose a la batería y dirigiéndose al público, con tono picaresco, agrega:

—¡Permitidme que la bese!

—

En el cuartel, se instruye a un nuevo ordenanza que ha de servir la mesa.
—Antes de quitar los platos y las cucharas —le dice el oficial de semana—, debes preguntar a los invitados si desean más sopa...
Al día siguiente, el muchacho sirve la sopa a los oficiales presentes.
Al ir a quitar el plato al capitán, le dice:
—Mi capitán, ¿quiere usted más sopa?
—Sí, amigo, un poco más...
—Es que no hay más, mi capitán.

—

En casa de un labrador
servían Blas y Lorenza;
se profesaban amor;
pero él tenía vergüenza
y ella tenía rubor.
A la aurora, en el corral,
se encontraron en camisa;
el encuentro fue casual;
tapóse ella a toda prisa
la cara con el pañal.
Turbado Blas, desde luego,
se remangó el camisón,
y de vergüenza hecho un fuego,
se cubrió con el faldón
y como ella quedó ciego.
Al huir tropieza Blas con la citada Lorenza,
y... ¡válgate Barrabás!
Yo también tengo vergüenza
y no puedo decir más.

—

COMPAÑERO DE ARMAS

El papá regaña a su hijo, al que ha encontrado en compañía de una muchacha.
Con severidad le pregunta:
—¿Qué te decía al oído cuando me crucé con vosotros?
A lo que el joven respondió:
—Me dijo: "Ese es mi viejo del lunes..."
El papá no volvió a decir una palabra.

—

Un inglés va de excursión con su mujer, y, habiéndose alejado bastante de su hotel, por lo que no les da tiempo a volver a comer, se precipitan en una posada de modesta apariencia que encuentran en su camino.

—¿Tiene usted algo para comer? —pregunta el inglés al posadero.

—¡Oh, no, caballero!... Sólo guisamos los domingos.

—¿Entonces no tiene usted absolutamente nada?

—Sí, queda justamente una chuleta...

—¿Una sola chuleta? —exclama el inglés—. Entonces, ¿qué va a comer mi mujer?

—

En aquellos tiempos rancios
de tontillos y de moños,
peinaba a una señorita
un peluquero algo tonto.
Y al sacudirla la brocha,
le dijo, llena de encono:
—Me tiene usted fastidiada
con echarme tantos polvos.

(J.M. PALACIOS)

—

Un literato, muy conocido, viajaba con mucha frecuencia por Suiza. Tenía adoración por este país, asegurando que era dónde mejor se le atendía.

Sin embargo, cierto día, al despedirse en la fonda para regresar a París, observó que en la cuenta le habían puesto treinta francos por una vela.

—¡Treinta francos por una vela! —murmuró—. Me han tomado por un primo...

La doncella que le había servido la tal vela en su alcoba y que escuchaba su protesta, no pudo contenerse y exclamó:

—Treinta francos... y no es mucho, señor; el señor se olvida que fui yo la que la soplé...

—

EL PIÑON

Compró un turco robusto
dos jóvenes esclavos, que un adusto

argelino vendía.
Los llevó a la mazmorra en que tenía
otros muchos cautivos,
y, cerrando la puerta,
detrás de ella a escuchar se quedó alerta
los modos expresivos
con que los más antiguos consolaban
a los recién venidos que allí entraban.
Eran un andaluz y un castellano,
y el que hablaba con ellos, italiano,
que dijo en voz de tiple, muy doliente,
a los nuevos llegados lo siguiente:
—*Compagni sventurati* al *par che cari,*
i vostri affani amari
io voglio consolar: nostro padrone
è un turco di bonissima intenzione,
pietoso cogli schiavi che la guerra
riduce al suo servizio;
solmente li destina per l'uffizio
che si costuma là, nella mia terra,
strapazzando l'occhio del riposo
col suo membro, che e troppo lungo e grosso.
—Compaire —el andaluz dijo temblando—,
¿qué me está usté jablando?
¿Conque ha dado eze perro en eza
maña que en Italia ze ez'tila? ¡Ay, pobrecito
de mí, dezfondacao en tierra eztraña!
¡Yo, que tengo un ojito
lo mezmo que un piñón! ¿Zerá bastante
pa rezguardarle ezte calzón de ante?—
Iba a darle respuesta el italiano;
pero el turco inhumano
gritó entonces: —¡No haber ante que valga!
¡El ojo de piñón al aire salga!—
Al punto, cuatro moros,
sin atender las quejas ni los lloros,
afuera le sacaron
y a su señor por fuerza le llevaron.
En tanto que él la operación sufría,
el italiano al otro le decía:
—*Giovinetto garbato,*
anche tu sia al momento preparato
a soffrir del padron membruto e fiero

il colpo assalitor dell'occhio nero,
perchè di bianca faccia o color bruno
il turco buzzarron non lascia alcuno.
El fuerte castellano, con arrojo,
la argolla de un cerrojo
arrancó de una puerta al oír esto,
y, habiéndosela puesto
de su gran nalgatorio en la angostura,
pudo con tal diablura
guardar el centro y pliegues del contorno,
y el ataque esperó con este adorno.
Pasada media hora, allí trajeron
al andaluz lloroso y derrengado,
y al castellano hicieron
ir a dar gusto al turco bien armado.
Este al momento en cuatro pies le pone,
los calzones le baja y se dispone
a profanarle; le unta con aceite,
para obviar el camino del deleite,
aquel globo cerdoso
fondo en color de cardenillo oscuro,
y, potente y rijoso,
no quiere dilatar el choque impuro.
Considere el lector, aunque yo callo,
qué magnitud tendría
lo que sacó, criado en un serrallo,
sin sujeción de bragas ni alcancía,
y después se figure allá en su mente
que esta mole indecente,
enfilando la argolla en la trasera,
quedó como ratón en ratonera.
Por sacarlo se agita,
empuja, hace desguinces, y al fin grita
para que en su trabajo
no le guillotinasen por abajo.
El castellano, astuto, se endereza,
tirando de la argolla con presteza
por que no se la viesen
los que en favor del turco allí viniesen;
pero esto fue de un modo tan violento
que le quitó el turbante al instrumento.
Quedó por el dolor amortecido
el turco en la estacada,

y el castellano, habiendo conseguido
ver la Naturaleza así vengada,
mientras al desgorrado socorrían
los moros que acudían,
a la prisión volvióse,
en donde a poco tiempo divulgóse
su valerosa hazaña.
Y el italiano preguntóle ansioso:
—*Ma dica: ¿che cucagna*
la salvato del caso periglioso?
Y el andaluz decía:
—¡Qué piñón tendrá uzté tan duro, hermano,
cuando pudo jazer tal jechuría!
— A lo que respondióle el castellano:
—Tengo para ese perro,
no un piñón natural, sino de hierro.

(FÉLIX MARÍA SAMANIEGO)

—

Un marido idiota elogiaba los encajes, alhajas y demás "aditamentos" de su mujer. Alguien, que sabía lo que era el individuo, le interrumpió:

—Pues si tu mujer los lleva bonitos, confiesa que tú los llevas muy hermosos.

—

Un gentilhombre que tenía fama de ser impotente estaba en una reunión en la que una dama se dejó robar un beso por un caballero. Él se apresuró a solicitar el mismo favor; pero la dama le rechazó, diciendo:

—Alto, caballero; no se concede tan de prisa un beso a un hombre como vos, para el que éste es el último favor que se le puede otorgar.

Buscando doña Modesta
un cuarto para habitar,
lo hubo por fin de encontrar
en la calle de Ginesta.
Y al preguntarle el casero:
—¿Son muchos chicos en casa?—
le contestó ella, con guasa:
—No; son chicas, caballero.

(JAIME)

—

CUIDADO CON EL MORO

En París se habló mucho de la talla y corpulencia del enviado de Marruecos, que pasó por la capital para ir a Holanda. Y si hemos de creer los rumores de la gente mundana, las "circunstancias" ocultas del afortunado musulmán responden a su hermoso exterior. Se hablaba de muchachas que en una noche habían recibido veintidós veces las "caricias" de tal favorito de Mahoma.

Este renombre le hace tan recomendable, que las mujeres, al verle, no preguntan: "¿Y cómo se puede ser de Marruecos?", sino que exclaman: "¡Ah..., qué felicidad ser de Marruecos!"

(Memorias secretas de Bachumont)

—

A Juan Arango, pianista de gran fama,
decía la otra noche cierta dama:
—¿No me toca usted nada
que a pasar nos ayude la velada?—
Y complaciente Arango,
por tocarla algo, la tocó el fandango.

(F. GASPAR)

—

¿Sabéis por qué los corsés de las señoras se atan por detrás?
¡Para que el perro no juegue con los cordones!

—

—¿De modo que te has casado ayer en la Alcaldía y hoy en la Iglesia?
—Sí, amigo mío; ayer, el barnizaje, y hoy, la apertura...
—Pues si algún día hacéis liquidación, avísame.

—

MORALIDAD

En una casa de los barrios extremos de París se puede leer el siguiente aviso: "No se puede cambiar de señora una vez en la habitación."

—

Mozuela de la saya de grana:
"Sácame el caracol de la manga".
Orilla del vado,
al ponerse el sol,
hallé un caracol
crespo y colorado;
llévole guardado
para mi mujer.
Si quisieres ver
pieza tan galana,
sácame el caracol de la manga
Tornaráte loca
caracol tan nuevo;
por tal se lo llevo
a Marta de Coca,
porque de su toca
del cabo le cuelgue
y a fe que se huelgue
y anda muy lozana.
Sácame el caracol de la manga.
Es mi caracol,
vista su fineza,
la más linda pieza
que tiene español,
y Ana de Buñol,
la de Juan Miguel,
mil veces por él
dio su porcelana.
"Sácame el caracol de la manga."
Bartola Gumiel,
la hermana de Marta,
nunca se ve harta
de jugar con él,
que aún es muy fiel.
Cuando se lo doy,
a su lado estoy
la tarde y mañana.
"Sácame el caracol de la manga."

(L. DE GÓNGORA)

—

En una reunión de sevillanos y cordobeses se hablaba de amor. Con su gran fantasía de contertulios contaban sus increíbles éxitos. Uno se preciaba de haber tenido once queridas a la vez; el otro, de haber seducido siete mujeres en un día, etc., etc.

Un viejo malagueño, que escuchaba aquellas cosas con aire de benevolencia, dijo con gran modestia:

—Pues yo he tenido más de doscientas queridas; las bellas abandonadas, que no podían olvidar mis incomparables caricias, intentaron repetidas veces cortar el hilo de mi existencia. Aprovechándose de mi sueño, una de ellas, más feroz que una pantera, trató de cortarme algo más que el hilo en cuestión. ¡Pero la infeliz vio fracasados sus vanos esfuerzos! Su criminal tentativa no produjo más molestias que la de despertarme. Sólo comprendí el peligro de que había escapado cuando, al día siguiente, encontré entre mis ropas un par de tijeras torcidas y melladas...

—

—¿Por qué, si es de talla escasa,
tanto quieres a Ventura?
—preguntó a su amiga Pura
la coquetuela Tomasa.
Y Pura le contestó
con singular desparpajo:
—Aunque parece tan bajo,
tiene un dedo más que yo.

(X.)

—

PEDAGOGIA

La sección de Voronege de la Cruz Roja rusa ha abierto una información nacional acerca de *la vida sexual de la juventud aldeana.*

He aquí transcritos, exacta y auténticamente, algunos extremos del cuestionario presentado a los adolescentes del sexo masculino:

Primeria pregunta.—¿Dónde ha realizado su primer acto sexual?

A) ¿En el campo?

B) ¿En un prado?

C) ¿En el jardín?

D) ¿En la casa?

E) ¿En el granero?

Segunda pregunta.—¿Con quién ha tenido sus primeras relaciones sexuales?

A) ¿Con su mujer, después del matrimonio?

B) ¿Con su mujer, antes del matrimonio?

C) ¿Con una extranjera?

D) ¿Con la viuda de un soldado?

E) ¿Con una vecina?

F) ¿Con una criada?

G) ¿Con una prostituta?

H) ¿Con una mendiga?

I) ¿Con su cuñada?

J) ¿Con su hermana?

K) ¿Con su tía?

Tercera pregunta.—Después de su primer acto sexual, ¿ha dado algo a la mujer, o es ella la que le ha pagado?

Cuarta pregunta.—Cuando tiene relaciones con una mujer, ¿le da dinero o le promete el casamiento?

Quinta pregunta.—Durante su infancia, ¿ha realizado un acto sexual con una persona mayor? (Decid detalladamente cómo han ocurrido las cosas.)

Sexta pregunta.—¿Ha tratado, durante la infancia, de tener relaciones sexuales con las chiquillas de su edad? (Dad todos los detalles posibles y precisos.)

En cuanto a las demás preguntas del cuestionario, la *Krasnaia Gazeta,* que publicó este artículo, hace constar que es imposible reproducirlas...

—

EL CONJURO

De un tremendo lego acompañado,
fue a exorcizar un padre jubilado
a una joven hermosa y desgraciada
que del Maligno estaba atormentada.
Empezó su conjuro,
y el espíritu impuro,
haciendo resistencia,
agitaba a la joven con violencia,
obligándola a tales contorsiones,
que la infeliz mostraba en ocasiones
las partes de su cuerpo más secretas:
ya descubría las redondas tetas
de brillante blancura,
ya, alzando la delgada vestidura,
manifestaba un bosque bien poblado

de crespo vello en hebras mil rizado
a cuyo centro daba colorido
un breve ojal, de rosas guarnecido.
El lego, que miraba tal belleza,
sentía novedad grande en su pieza,
y el fraile, que lo mismo recelaba,
con los ojos cerrados conjuraba,
hasta que al fin, cansado
de haber a la doncella exorcizado
dos horas vanamente,
para que sosegase la paciente
y él volviese con fuerzas a su empleo
al campo salió un rato de paseo,
diciendo al lego hiciera compañía
a la doncella en tanto que él volvía.
Fuése, pues, y el donado;
de lujuria inflamado,
apenas quedó solo con la hermosa
cuando, esgrimiendo su terrible cosa,
sin temor de que estaba
el Diablo en aquel cuerpo que atacaba,
la tendió y por tres veces la introdujo
de sus riñones el ardiente flujo.
Mientras que así se holgaba el lego diestro,
a la casa volviendo su maestro,
vio que en la barandilla
de la escalera, puesto en la perilla,
estaba encaramado
el Diablo, confundido y asustado,
y díjole riendo:
—¡Hola, parece que saliste huyendo
del cuerpo en que te hallabas mal seguro,
por no sufrir dos veces mi conjuro!
Yo me alegro infinito;
mas ¿qué esperas aquí? ¡Dilo, maldito!
—Espero —dijo el Diablo, sofocado—
que sepas que tú no me has expulsado
de esa pobre mujer por conjurarme,
sino tu lego, que intentó amolarme
con su tercia de dura culebrina
buscándome el ojete en su vagina,
y pensé: ¡Guarda, Pablo!
Propio es de lego motilón ladino

que no respete virgo femenino.
¡Pero que deje con el suyo al Diablo!

(FÉLIX MARÍA DE SAMANIEGO)

—

ALUSIONES

Del discurso de Mauricio Donnay en la Academia Francesa en la recepción del duque de la Force:

"Monsieur d'Haussonville, ministro, no ignorará los odios de un presidente del Consejo de Ministros español, el mariscal Narváez, duque de Valencia, a quien su confesor preguntaba en el lecho de muerte:

—Señor mariscal, ¿perdona usted a todos sus enemigos?

Y ya sabéis, señores, que el mariscal respondió:

—No los tengo —y que, ante la mirada incrédula del sacerdote, continuó tranquilamente: —No los tengo; los he fusilado a todos."

—

Sacó a pregón Isabel
su vino, y al que llegaba
como a comprador le daba
para prueba un trago de él.
De estas y otras aventuras
vino la pobre mujer
a no tener qué vender,
pues se le fue en probaduras.

(BALTASAR DE ALCÁZAR)

—

Un día que el príncipe de Conti marchaba para Isle-Adam, dijo a su mujer, bromeando:

—¡Confío en que no me la pegarás durante mi ausencia!

—Vete, vete tranquilo —contestó ella—. ¡Nunca siento deseos de pegártela más que cuando te veo!

—

UNA DISCUSION

—Por último, yo no puedo venir todos los días para que me pague esta factura.

—Bueno... Vamos a ver... ¿Le conviene a usted el jueves?... ¿Sí?... Pues, entonces, ¡venga usted todos los jueves!

—

—Amelia, puedes hacer la cama; no recibo más.

—

—Es curioso: te amo como si fueses mi hija.

—Caramba... ¡Pues tienes un bonito sistema de enseñar a tus hijas!

—

Hablando a Elvira su galán Arturo,
sintió en el vientre colosal apuro.
Y aguantando, aguantando, lanzó un pedo,
que apenas si sonó quedo, muy quedo...
rojo como un pavo, dijo a Elvira:
—¿Oyes?... ¡Mi pecho por tu amor suspira!—
Y Elvira, ¡oh, cuánto su candor admiro!,
legítimo creyó el pseudosuspiro.
Según la tradición del arte griego,
¡oh Amor!, te pintan los poetas ciego;
pero después de *quid pro quo* tan gordo,
deben pintarte sin olfato y sordo.

(X.)

—

Un joven está para casarse con una señorita. Pocos días antes de la ceremonia, el joven se queda solo con su prometida y le pide le conceda sus favores en el acto.

—No —respondió la novia—, no quiero, por tres razones: primera, estoy cansada; segunda, si mis papás se enteran, se pondrían furiosos, y tercera..., eso me da dolor de cabeza...

—

Una devota se acusaba de su gran afición al juego. Su confesor la censuró, haciéndola ver, entre otras cosas, el tiempo que se perdía.

—¡Ay, sí, padre!... Se pierde mucho tiempo en barajar las cartas.

—

Una provinciana escribe a su marido, que hacía meses estaba en París, y terminaba:

"Te diré que, según noticias, la señora de tal y la señora de cual, están embarazadas; que las señoras tal y cual presumen de estarlo, y que las señoritas tal y cual temen estarlo también. Sólo yo no lo estoy: ¡te debías morir de vergüenza!"

—

Al carpintero Clemente,
que es un sordo impenitente,
pregunté: —¿Cómo está Lola?
— El pobre entendió "la cola",
y me contestó: —Caliente.

(X.)

—

Una joven, hija de una familia aldeana, se quedó encinta. El padre, furioso, reprochaba a su mujer la mala conducta de la hija.

—¡Tú sola tienes la culpa de lo que ocurre!

—¡Ay, amigo mío! —respondió la mujer—. La cosa no es tan fácil como tú te crees: ¿cómo puede guardarse una cerradura para la que sirven todas las llaves?

—

Por meterse el pulgar en la nariz,
de una hemorragia se murió Beatriz,
y sus padres, en rico cenotafio,
pusieron, ¡oh dolor!, este epitafio:
"Aquí yace Beatriz de Mondoñedo.
Murió muy joven, ¡por meterse el dedo!"

(X.)

—

Guitry estaba poniendo en escena un drama... Como indicase a uno de los actores que debía entrar con cierta majestad, éste bajó al proscenio con los codos y las piernas abiertas, como hacen los cómicos de provincia cuando desempeñan el papel de rey o de un gran personaje.

—Le he dicho que entre con cierta majestad—le advirtió Guitry—; pero no que entre a caballo... Apéese, pues, y entre a pie...

—

—De la tela que llevó
ayer mi hija, ¿hay, Meneses?
—Con ella se me agotó.
Y lo siento, pues... gustó,
y no me vendrá en dos meses.

(T. TEJADA)

—

EL CAMELLO Y LA HORMIGA
(Fábula árabe)

Al lado de un camello que mordisqueaba la hierba de un campo, correteaba una hormiga arrastrando una paja que la cubría por completo. La bestia gibosa, contemplando a la activa obrera, no pudo por menos de decir:

—Cuanto más te observo, más te admiro. Cargas sin fatiga fardos diez veces más voluminosos que tú, mientras yo me doblo cargado con un saco.

Sin detenerse, la hormiga respondió:

—Gran idiota, ¡es que tú trabajas para otros!

—

ESCENA DE CAFÉ

Primer parroquiano.—Caballero, creo que el año pasado nos vimos en este café.
Segundo parroquiano.—¿Me reconoce usted?
Primero.—A usted, no; pero sí su paraguas.
Segundo.—¿Mi paraguas? Entonces no lo tenía yo.
Primero.—Efectivamente: usted, no; pero yo sí lo tenía.

—

En un trasatlántico viajaba toda una compañía con destino al Brasil, y los artistas trababan conocimiento durante el viaje.

—Yo soy primer tenor —dice uno.

—¡Caramba!... ¡Y yo también! —agrega otro.

—Y yo también.

—Y yo...

—Y yo...

Eran cinco..., cinco los primeros tenores, con el mismo repertorio y los mismos papeles...

Ante aquella anomalía, se hizo comparecer al empresario... Y se explicó:

—Bueno, señores: ¡es que vamos al Brasil! Es preciso que yo tenga la seguridad de contar, por lo menos, con un primer tenor... Y como allí hay una gran epidemia de fiebres amarillas...

—

—Creo que son un poco parientes.

—Sí; por afinidad... Es el amante de su mujer.

—

Fabio, tú eres el Diablo
del Evangelio,
porque tienes lo sordo,
lo mudo y ciego.
Crees, Fabio, de Flora
el que su cuerpo
es todo, todo tuyo;
pues ni aun el medio.
Para todos tan franca
es su hermosura,
que verás que no tiene
ya cosa suya.
El que Flora es constante
yo te confieso,
en esto, y en eso otro,
mas no en aquello.
Que es grande mujer Flora
todo hombre jura,
y por tal la confiesa,
tiene y reputa.
De Flora no hay amante
que tenga queja;

que Flora es para todos
mujer abierta.
Bien que, con todos, Flora,
cuando se irrita,
suele andar, cuál en bajo
y cuál encima.
No receles de Flora
si la visitan,
que esto sólo una entrada
es, por salida.
No se meten, ni riñen,
unos con otros;
porque allí, cada uno
va a su negocio.
Muchos no la conocen,
según me cuentan;
pero luego, al nombrarla,
caen en ella.
Tal vez pide dinero
sobre una prenda,
y todo cuanto pide
le dan sobre ella.
En admitir a todos
ostenta, grata,
que no es rústica Flora,
que es cortesana.

(D. DE TORRES)

—

En 1840, un prefecto ordenó a un alcalde que adoptase las precauciones necesarias en previsión contra una epidemia de cólera, que comenzaba a azotar el Departamento.

El alcalde, preocupado por las instrucciones, que le parecían vagas, después de largas meditaciones escribió al prefecto, comunicándole que había tomado sus medidas y que, por su parte, esperaba el ataque a pie firme.

Alguien se informó acerca de las medidas adoptadas por el digno alcalde a fin de comprobar su eficacia, y entonces se supo que había hecho abrir en el cementerio las fosas suficientes para enterrar, en caso necesario, a todos sus administrados.

—

—¡Ah, doctor! Querríamos averiguar de quién es la frase tan conocida de: "Por donde ha pasado el padre, pasará el hijo".

—¡Seguramente, de algún comadrón!

—

Un diputado dice a uno de sus colegas, cuya suciedad es conocida:

—¡Ah, querido amigo!... ¿A que sé lo que ha comido usted hoy?

—¿Qué?

—Tortilla.

—¿Tortilla? ¿Y cómo lo sabe usted?

—Porque tiene restos en la barba.

El otro se queda pensativo, y luego contesta:

—¡Oh!..., pues se equivoca usted. Hace cuatro días que la comí.

—

El hijo de un posadero viene corriendo a decir a su padre:

—Papá... ¡María está en el seto con el huésped!

—Ve en seguida a decir a tu madre que ponga eso como suplemento en la cuenta del cliente.

—

Sorprende a don Amós, sin darle espera,
el ciclón de una horrible cagalera.
Veloz, como un relámpago, se mete
en el ansiado puerto del retrete.
Y al quitarse, convulso, los botones,
se cagó, con la prisa, en los calzones.
¡Ay, de las ilusiones, la barquilla
naufraga muchas veces en la orilla!

(X.)

—

En Niza murieron en el mismo día una vieja inglesa y un general ruso. Las pompas fúnebres se equivocaron, y el cuerpo de la inglesa fue expedido a Petrogrado, y el del general, a Londres.

Los parientes de la vieja inglesa quisieron, antes de darla sepultura, ver por última vez su cara. Es abierta la caja y, ¡horror!, se encuentran con el cadáver de un bravo general ruso, de uniforme, cubierto de condecoraciones.

Consternación general.

Por último, se envía un telegrama a los parientes del general en Petrogrado, y se recibe la contestación siguiente:

"Ayer hemos enterrado a vuestra tía con todos los honores militares. Haced del general lo que os plazca."

—

Bésame, espejo dulce, ánima mía;
bésame, acaba, dame ese contento,
y cada beso tuyo engendre ciento,
sin que cese jamás esta porfía.
Bésame cien mil veces cada día,
porque encontrando aliento con aliento
salgan de aqueste intrínseco elemento
dulce suavidad, dulce armonía.
¡Ay boca!, venturoso el que te toca;
¡ay labios!, ¡qué dichoso es el que os besa!;
acaba, vida, dame ese contento.
Y dame ya ese gusto con tu boca;
bésame, vida, ya, si no te pesa;
aprieta, muerde, chupa, y sea con tiento.

(QUEVEDO)

—

En un cementerio de Stratfordshire, en Inglaterra, puede verse sobre una tumba cinco placas idénticas en cuanto a la forma y el color, pero cuyas inscripciones varían:

La primera dice: "Aquí yace Ana, la primera mujer de John Brown".

La segunda dice: "Aquí yace Jane, la segunda mujer de John Brown".

La tercera: "Aquí yace Mary, la tercera mujer de John Brown".

La cuarta: "Aquí yace Clara, la cuarta mujer de John Brown".

Y la quinta: "Aquí yace John Brown, que por fin descansa en paz".

—

Buscando estaba García
una moza rica y bella
para casarse con ella,
y alegre ya cierto día:
—Al fin topé —exclamó, ufano—

con una muy singular.—
Y dije: —Amigo, temprano
comienza usted a topar.

(V. Martínez)

—

Villemessant publicó en el *Fígaro* la necrología de un industrial muy conocido en aquel tiempo: Delaunay. Al día siguiente, el interesado se presentó en la redacción y pidió ver al director.

—¡Ah! ¿Es usted?—dijo Villemessant—. Pues siento no se haya muerto, porque me molesta mucho rectificar.

—

La princesa de Conti decía a su marido:

—Yo puedo hacer príncipes de la sangre sin ti, y tú no puedes hacerlos sin mí.

—

Un joven que estaba prometido con una linda muchacha, mientras llegaba el día de la boda, la veía todas las noches. Estaban un día hablando por la ventana cuando pasó por la calle una bella mujer. El llamó la atención de su novia, diciendo:

—Mira esa chica. En otro tiempo yo frecuentaba su casa, y hasta la tuve cierto cariño; pero es tan boba que la dejé, pues me concedió ciertos favores y fue tan idiota que se lo contó a su madre.

—¡Qué animal! —respondió la novia— ¡Ya me cuidaría yo mucho de decirle a mi madre las veces que nuestro mayordomo se ha acostado conmigo!

—

En el ardor de una siesta,
que también las siestas arden,
era Menga mariposa
a orillas del Manzanares.
Tan sin piedad abrasaban
los viles caniculares
que sobre el campo el arena
era un brasero de herraje.
Encendióse mucho Menga,
y pensando en refrescarse
dio con sus carnes al viento

y con su vestido al margen.
Por los cristales se mete;
pero más llegara a holgarse
si se metieran por ella
a pedazos sus cristales.
Layóse y aún relavóse
todas las humanidades,
sin reservar en su cuerpo
ni piante ni mamante.
Palmadas se daba en todas;
pero más en cierta parte
donde fue, desde la cuna,
inclinada a palmearse.
Cuando más arriba un viejo
se lavaba los pulgares
con que había muerto a muchos
sarracinos y aliatares.
Estaba desnudo y seco
más que los cañaverales;
pensó el río que era aborto
de sus mismas sequedades.
Divisó a Menga, y por verla
con menos dificultades
se alzó todo lo que pudo;
pero nada pudo alzarse.
Mirábala temeroso:
había de ser un fraile,
que no se volviera virgen
si se imaginara mártir.
Encogiéronse de hombros
los señores genitales,
como quien dice: "¡Qué dicha
si fuera treinta años antes!"
Volvió los zafiros Menga
y reparó en los balajes
de aquella fuente de plata
de mayos y navidades.
Quedóse como quien mira
detrás de una flor un áspid:
esto digo yo por ella,
quedase como quedase;
mas claro está que no pudo
dejar Menga de asustarse,

si no perdió la vergüenza
cuando perdió los corales.
Salirse quiso y no supo:
¡mucho fue que lo ignorase,
que salirse las mujeres
es una cosa muy fácil!
Sobre aquel pastel en bote
entrambos brazos reparte,
la izquierda le cupo al suelo
y la derecha al hojaldre.
¡Qué poco debió al demonio,
pues le puso en este trance
para tentación un hombre
y para un hombre un cadáver!
Pues cuanto Menguilla al viejo
como mujer le tentase
a aquel venerable Beda,
le veda lo venerable.
Si bien murmuran algunos
que no lo pesara al ángel
que tras el Ñuño Salido
salieran los siete infantes.
Corrida quedó en efecto,
pero fue de que mirase
tan buen encaje de punta,
tan mala punta de encaje.
Al fin, cansados entrambos
de verse y de contemplarse,
Menga se fue a su basquiña
y el vejete a sus pañales.

(X.)

—

En un jardín de Londres pasea un provinciano, fumando un cigarro. Un granujilla se le acerca y le pregunta muy cortésmente:

—¿Qué hora es, caballero?

El provinciano saca su cronómetro de oro y contesta:

—Las nueve menos cuarto.

—Muy bien, caballero; pues a las nueve le ofreceré mi culo.

Y al decir esto, el granuja sale corriendo a todo tren. El provinciano, furioso, se lanza en su persecución; pero el chico, más ágil, se escapa.

En la carrera, el inglés tropieza con un policeman.

—¿Por qué corre usted así, caballero?—le dice.

—Quiero atrapar a ese granuja, que me ha dicho que a las nueve me ofrecerá su culo.

El policeman mira el reloj del Banco de Inglaterra y dice tranquilamente:

—No tenga usted tanta prisa, caballero; aún faltan diez minutos.

—

Rita, por cierta pendencia,
fue citada ante un alcalde,
y éste la sirvió de balde
dando en su pro la sentencia.
Con refinada malicia
dijo entonces la alcaldesa:
—Nunca he visto, Antón, tan tiesa
la vara de la justicia.

(J. B. BALDOVÍ)

—

Un autor reprochaba su mala fe a un director de un teatro:

—Caballero, me había usted asegurado que sólo tenía una palabra.

A lo que respondió éste:

—Precisamente, caballero; y como sólo tengo una palabra, se la retiro a usted para darla a otro.

—

Adriano Hebrard decía: "Cada hombre tiene la edad que le separa de la muerte".

Y hablando del amor: "El amor se parece a esas posadas en las que no se encuentra más comida que la que se lleva".

—

En la representación de una obra de Emilio Augier en el Teatro Francés, Alejandro Dumas, hijo, que estaba sentado cerca del autor, le dijo, señalando a un espectador que estaba dormido:

—Fíjese el efecto que produce su obra.

Poco después se representaba una obra de Dumas, hijo, y Emilio Augier, a fuerza de mirar, descubrió en una butaca a un espectador dormido. Al verlo, dijo a Dumas:

—Vea, querido, el efecto que produce su obra. Alejandro Dumas miró, y respondió:

—Ah, sí..., le conozco: es el espectador de la otra noche; aún no se ha despertado.

—

GALÁN GOLOSO Y VALEROSO

Bajábale su mes cada semana
a doña Pelinuda, la ramera,
y esto era en tal exceso y tal manera
la sangre que le sale y de ella mana,
que no hay a quien le ponga mala gana
considerar su sucia delantera
(y, bien considerada por de fuera,
tiene la cara hermosa y muy lozana);
mas uno, aficionado de su cara,
la quiso descubrir su pesadumbre
cual suele hacer cualquier enamorado,
y ella que tal no puede le declara.
Replicó él: —Si es, señora, la costumbre,
corriendo en sangre quiero yo el pescado.

(QUEVEDO)

—

DEMASIADO COMPLICADO

Un escocés hace el amor a una bella joven de grandes ojos negros. Una noche que él pasaba al pie de su balcón, la hermosa le llama.

—Estoy sola en casa —dice lánguidamente—. Mis padres han salido y no volverán antes de dos horas. La llave está en la puerta. Estoy desnuda del todo. Sólo me cubre un velo...

El escocés se coge la cabeza entre las manos.

—¡Eso es demasiado complicado! —exclama—. Prefiero irme.

—

—Padre, con sus pesadeces,
no obstante mis altiveces,
me persigue, me sonsaca,

y como la carne es flaca...
—Vaya. Bueno. ¿Cuántas veces?

(X.)

—

El doctor J... acaba de operar a uno de sus clientes, al que ha amputado la pierna. Un pariente de la víctima le llama aparte.

—¿Cree usted, doctor, que se salvará el enfermo?

—¿Él? No hay ni la sombra de una esperanza.

—Entonces, ¿para qué hacerle sufrir?

—¡Qué diablos, caballero! ¿Es que se puede decir a un enfermo que está perdido? Es preciso distraerle un poco.

—

Un amigo de Pousse, médico de la Facultad de París, fue un día a consultarle, inquieto, porque no podía tener hijos, cosa que atribuía a que su mujer estaba mal conformada. Pousse, después de escucharle y hacerle preguntas, se limitó a decirle:

—Tu mujer está muy bien conformada.

—

Un sabio estaba trabajando en su despacho, cuando vio venir a su criado todo asustado, que gritaba:

—¡Hay fuego en casa!

—Avisa a la señora —le dijo tranquilamente—. Ya sabes que no me gusta meterme en asuntos caseros.

—

—¡Oh plato sin igual, tierna habichuela,
sustancioso manjar, barato y sano,
orfeón vegetal, a quien mi abuela
llamaba de los pobres el piano,
llena, llena mi panza,
ya que mi cesantía a más no alcanza!—
Con esta invocación, todos los días
saludaba don Paco a las judías;
y concluyeron por gustarle tanto,
que, en época de lluvias,
rezaba tres novenas a su santo

para que no se ahogasen las alubias.
Llegaba, en sus festines,
a devorar, con ansia verdadera,
un par de celemines;
mas un día pescó tal cagalera,
que saliendo, a la tarde, de paseo
a distraer sus horas de recreo,
abonó, sin ser visto, diez jardines.
Para atajar del manantial las fuentes,
ensayó toda clase de astringentes,
las píldoras, los sellos..., ¡mas en vano!;
y llevando hasta el colmo el sacrificio,
aunque tenía dolorido el ano,
cerró, con un tapón, el orificio.
¡Precaución ilusoria! La avenida
descerrajó el tapón con la embestida.
¡Oh los que atesoráis bienes terrenos
y nunca quedáis llenos!
leed en el trasero de don Paco:
"¡La insaciable codicia rompe el saco!"

(X.)

—

INGENUIDAD

Pedro Tomas está en su huerto. Pasa un amigo, que le dice:
—¡Pedro!
—¿Qué hay?
—¡Ha muerto tu tía!
—¡Oh, qué desgracia!
—¡Y tu tío también ha muerto!
Pedro se queda pensativo, y exclama:
—¡Pobrecillos!... Ahora se quedan viudos los dos.

—

La duquesa de Ch... no "tomó la almohada" de la reina por casarse con un hombre modesto. Y decía a los que censuraban su matrimonio:

—Me río yo de todo eso; prefiero estar acostada a estar sentada.

—

ORACIÓN FÚNEBRE

El ayuda de cámara del conde X... comunica a su amo, que tiene noventa y dos años, la muerte de su amigo, el duque de C..., que contaba noventa y cuatro.

—Lo siento —dijo el conde—; pero no me sorprende. Era un hombre muy gastado. Siempre he dicho que no viviría mucho.

—

ANUNCIO CURIOSO

"El toro comenzará a "cubrir" a partir del 1.° de febrero. El precio para los abonados será de 10 francos."

(*El Popular,* de Nantes.)

—

LA FUERZA DEL VIENTO

En una humilde aldea el Jueves Santo
la Pasión predicaban y, entretanto,
los payos del lugar que la escuchaban
a lo vivo la acción representaban
imitando los varios personajes
en la figura, el gesto y los ropajes.
Para el papel sagrado
de nuestro Redentor crucificado
eligieron un mozo bien fornido
que, en la cruz extendido
con una tuniquita en la cintura,
mostraba en lo restante su figura,
a los tiernos oyentes, en pelota,
para excitar su compasión devota.
La parte de María Magdalena
se le encargó a una moza ojimorena,
de cumplida estatura
y rolliza blancura,
a quien Naturaleza en la pechera
puso una bien provista cartuchera.
Llegó el predicador a los momentos
en que hacía mención de los tormentos
que Cristo padeció cuando expiraba

y su muerte los orbes trastornaba.
Refirió, entusiasmado,
que con morir aniquiló el pecado
original, haciendo a la serpiente
tragarse a su despecho, aunque reviente,
la maldita manzana
que hizo a todos purgar sin tener gana.
Esto dijo de aquello que se cuenta,
y después su fervor aún más aumenta
contando los dolores
de la Madre feliz de pecadores,
del Discípulo amado,
y, en fin, del sentimiento desgarrado
de la fiel Magdalena,
la que, entretanto, por la iglesia, llena
de inmenso pueblo, con mortal congoja
los brazos tiende y a la cruz se arroja.
Allí empezó sus galas a quitarse
y en cogollo no más vino a quedarse,
con túnica morada
por el pecho escotada,
tanto, que claramente descubría
la preciosa y nevada tetería.
Mientras esto pasaba,
el buen predicador siempre miraba
al Cristo, y observó que por delante
se le iba levantando a cada instante
la tuniquilla en pabellón viviente,
haciendo un borujón muy indecente.
Queriendo remediarlo
por si el pueblo llegaba a repararlo,
alzó la voz con brío
y dijo: —Hermanos, el vigor impío
de los fieros hebreos se aumentaba
al paso que la tierra vacilaba
haciendo sentimiento,
y la fuerza del viento
era tal, que al Señor descomponía
lo que sus partes púdicas cubría.—
Apenas oyó Cristo este expediente
cuando, resucitando de repente,
dijo al predicador, muy enfadado:
—Padre, el juicio sin duda le ha faltado.

¿Qué viento corre aquí? ¡Qué berenjena!
¿Las tetas no está viendo a Magdalena?
Hágala que se tape,
si no quiere que el Cristo se destape
y eche al aire el gobierno
con que le enriqueció su Padre Eterno.

(FÉLIX MARÍA DE SAMANIEGO)

—

JUSTICIA INMANENTE

—¡Tengo un gran disgusto, querido, porque mis gallinas han destrozado su jardín!

—No se preocupe por eso. Mi perro se ha comido sus gallinas.

—¡Admirable! Precisamente acabo de aplastar a su perro con mi coche.

—

HOLGAZANERÍA

Un médico inglés, paseando un día por los jardines de M. Hamilton, en Cobham, manifestó su extrañeza por el prodigioso crecimiento de los árboles.

—Señor doctor —dijo Hamilton—, piense en que no tienen otra cosa que hacer.

—

La cocinera.— ¡Oh, la aeroplano! ¡Qué bonita es!

El ayuda de cámara.— Ya te he dicho muchas veces que es masculino.

La cocinera.— Eso dicen... Pero ¿cómo se puede ver a esa distancia?

—

—Me parece que su marido no es el mismo... No lo he reconocido...

—No, no es el mismo; lo he cambiado...

—

Grimod de la Reynière se hizo abogado y no quiso ingresar en la magistratura.

—No quiero ser magistrado —decía—, porque acaso me vería obligado a enviar a presidio a algunos de mis parientes, y siendo abogado podré, al menos, defenderlos.

—

Un verdugo inglés que iba a ahorcar a un pobre diablo, le dijo:

—Lo haré todo lo mejor posible; pero, sin embargo, debo advertirle que nunca he ahorcado a nadie.

—A fe mía —respondió el paciente—, tampoco a mí me han ahorcado jamás; pondremos los dos lo que podamos por nuestra parte y saldremos de ello lo mejor posible.

—

En Nodez se desarrolló un espantoso drama en una casa de mala nota, de que era dueña una mujer conocida por *Bancal*.

La señora de L..., queriendo mortificar a M. de Talleyrand, le dijo un día que fue a visitarle:

—¡Dios mío!... ¿Podéis creer que han escrito en la puerta de su casa *Casa Bancal?*

—Qué queréis, señora —replicó M. de Talleyrand—; ¡el mundo es tan malo!... Os habrán visto entrar...

—

Al corral saltó Lucía,
y Lucía en el corral
echó al sol como el sol mismo
todo su particular
desató su servidumbre,
concediendo libertad
a las aguas y a los vientos
por delante y por detrás,
con tal furia, que pudiera
cinco parras aventar
y apagar dos monumentos
de una vez con un soplar.
Salieron los elementos
de aquella cautividad
como sale por agosto
temerosa tempestad.
Dos columnas la sustentan,
siendo testigo ocular
el contraste de los vientos
de aquel testigo carnal.
Con fuerza le abrió el Levante

la atarjea... natural
y el Poniente hizo su oficio
como en batalla naval.
Llamaba un fuerte aguacero
por la puerta principal,
y por el postigo falso
respondían: ¡Allá van!
Maltrató sabrosamente
sus carnes mirando andar
las manos, que eran de nieve,
entre pez, rosa y coral.
Al fin se rascó Lucía, tentando aquí y acullá
desde el principio del mundo
hasta la posteridad;
dio vuelta a la fuente roja
y recorrió su arrabal
y acabó donde comienza
el pecado original;
por la Gran Bretaña dio
noticia, aviso y señal
de las cartas que le trajo
el correo mensual;
divertida con las aguas
que arroja el astro lunar,
descubrió los caracoles
en las orillas del mar:
se miró como al soslayo
toda la capacidad,
y de aquel tan bello monte
la falda se vio bajar;
se pegó la contentusa
limpiando el cañaveral
de las gotas del rocío,
y se volvió a su telar.

(GÓNGORA)

—

—¡La has hecho buena! ¡Otra vez te olvidaste de la llave de la maleta!
—No, boba; la tengo aquí...; pero se me ha olvidado la maleta.

—

Una nueva rica elige un sombrero en una tienda. Es muy difícil de contentar. Por último, la vendedora le enseña un lindo sombrero y la dice:

—¡Oh!, señora: vea usted esta maravilla de 1830. La señora se lo prueba, ve que la sienta bien y dice a la sombrerera:

—Me lo quedo, señorita; pero me lo ha de dejar usted en mil ochocientos.

—¿Cómo dice la señora?

—Como usted lo oye. No doy por él ni un franco más.

—

Sólo en ti, Lesbia, vemos ha perdido
el adulterio la vergüenza al cielo,
pues, licenciosa, libre y tan sin velo,
ofendes la paciencia del sufrido.
Por Dios, por ti, por mí, por tu marido,
no sirvas a su ausencia de libelo;
cierra la puerta, vive con recelo,
que el pecado se precia de escondido.
No digo yo que dejes tus amigos;
mas digo que no es bien estén notados
de los pocos que son tus enemigos.
Mira, que tus vecinos afrentados
dirán que te deleitan los testigos
de tus pecados, más que tus pecados.

(QUEVEDO)

—

Un ilustre escritor, sordo como una tapia, asistía a un ensayo general.

Estaba en el vestíbulo del teatro poniéndose su gabán de pieles, cuando le abordó un amigo que le ayudó en la operación, que parecía lenta y difícil.

—¿Qué, cómo va vuestra mujer?

El inmortal respondió bondadosamente:

—Me lo pongo muy suavemente, porque comienza a envejecer y está perdiendo todo el pelo.

—

Un caballero pregunta a un anticuario:

—¿Tendría usted alguna cómoda Luis XV?

—En este momento no, caballero.

—¿Por qué?
—¡Está hoy tan cara la mano de obra!

—

EL SOMBRERERO

A los pies de un devoto franciscano
se postró un penitente. —Diga, hermano:
¿qué oficio tiene? —Padre, sombrerero.
—¿Y qué estado? —Soltero.
—¿Y cuál es su pecado dominante?
—Visitar una moza. —¿Con frecuencia?
—Padre mío, bastante.
—¿Cada mes? —Mucho más. —¿Cada semana?
—Aún todavía más. —¡Ya! ¿Cotidiana?
—Hago dos mil propósitos sinceros,
pero... —Explíquese, hermano, claramente:
¿dos veces cada día? —Justamente.
—¿Pues cuándo diablos hace los sombreros?

(Tomás de Iriarte)

—

Un juez tenía seis hijas y deseaba ardientemente un hijo.

El día que su mujer estaba de parto por séptima vez, el juez que tenía que actuar en el Tribunal recomendó que le avisasen si daba a luz en su ausencia. En medio de un juicio, llegó precipitado su ayuda de cámara.

—¡Señor!... Ya está.
—¡Ah! Y... ¿es un niño?
—No, señor.
—¿Una niña?
—No, señor...
—¿¿¿!..!!!
—¡Dos niñas!

—

Buscaba cierto pedante
un consonante a *jumento,*
y no saliendo adelante,
otro le dijo: —*Excremento.*

—¡Mal haya tu habladuría!
— gritó el pedante con mengua—.
¡Ha rato que lo tenía
en la punta de la lengua!

—

A la vista de un proceso que excitó mucho la curiosidad pública, asistían gran número de encopetadas señoras. Como en el proceso había cosas muy escabrosas y revelaciones escandalosas, el presidente del Tribunal creyó debía advertirlo al auditorio femenino:

—Ruego —dijo— a las señoras honestas que tengan la bondad de salir.

Ni una sola se movió.

—Ahora que las señoras decentes han salido —prosiguió el presidente, después de un silencio—, los ujieres harán salir a las demás.

—

El doctor X..., cirujano de talento, pero rudo y brutal, hizo un día una operación larga y dolorosa a un cliente.

—Me tomará usted —dijo, mientras limpiaba su instrumental— por un carnicero.

—¡Oh!... no, no... —gimió el paciente—. Los carniceros matan antes de destrozar...

—

Son, Liconi, tus manos virginales,
pues sabes, como conde palatino,
hacer que vuelva virgen la que vino
registro de burdeles y hospitales.
Con dientes de ahorcados y dogales,
ejercitas las obras de Merlino;
con espada y broquel y jaco fino,
amazona nocturna, a rondar sales.
Y, por que no se quede parte ociosa,
de Italia abres la puerta a tu persona,
sin cerrar la de España sólo un punto;
esto sí, pesiamí, es ser provechosa;
alcahueta, hechicera, valentona,
puta de marca y sodomita en junto.

(FRANCISCO DE QUEVEDO)

—

Caseme, por mi desdicha,
con una mujer del diablo,
que antes que me nazca el gusto
hace que me crezca el gasto.
Yo me desposo con ella,
ella sin mí pare, y cuando
pienso con uno, me veo
con dos ángeles al lado;
pero la primera noche
de esposa, ¡suceso raro!
el niño vino muy justo;
sin duda, que será un santo.
Yo debo de ser un simple
como todos, pues me caso,
y por eso, desde luego,
doy un poder de muchachos.
Cuando nacía el chicote
pudo, si fuera bellaco,
salirse de mí riendo,
mejor que de sí llorando;
pero yo te lo agradezco,
que el ejercicio ordinario
de su madre ha suspendido,
y sus faltas me ha contado.
Que era doncella y aún virgen,
me dijeron confiados
sus padres; la verdad es
que no me dijeron cuándo.
Bien puede ser que lo sea
virgen, no es culpa dudarlo;
doncella, como las otras,
eso ya se está probando.
La preñez fue natural,
que una doncella es milagro
de mirarse con un hombre
a solas tener empacho.
Vióse conmigo la triste,
asombrósele lo casto,
y pudo ser que de miedo
le sobreviniera el parto.
Imaginóse preñada
y parida, el caso es llano,
porque la imaginación
ya se sabe, que hace al caso.
Yo me imaginé lo mismo
y ha sucedido otro tanto;
también yo tengo la culpa
en haberlo imaginado.
Mas sobre doncella pura
fue primero nuestro trato,
y ella dispone que sea
nuestra boda sobre-parto.
¡Que preñada por marido,
sin embargo del embargo,
me atisbase! Cierto que
fueron sus antojos claros.
No puedo dejarla sino
que vuelva otra vez a estarlo,
que es fuerza dejar la cosa
de la suerte que la hallo.
Ser interés de tercera
este negocio es, lo malo,
porque nadie nos oyera
si fuera cosa de entrambos;
probóse a ser despejada
conmigo y tiene su pago,
porque muy buenos dolores
le cuesta el desembarazo;
pero sea lo que fuere,
muchachos no me dan asco,
porque yo, como Saturno,
sé tragarme esos bocados.
De mí no puede quejarse,
que al empezar el traspaso
al punto por la comadre,
fui corriendo como un gamo.
Quise yo que lo marido
me costase algunos pasos,

y ella me da la corona
antes que merezca el lauro.
Otros salen a pacer
y yo a ser pacido salgo,
que, aunque con fruto me veo,
cornudo en hierba me hallo.
Yo, en fin, con mi mujer pienso
vivir ciervo tiempo largo,
y en los nudos de mis cuernos
contar más dobles que años,
pues le hallé una buena hacienda,
es mía, tiene buen garbo,
y heredo en ella seguro
censo, que otro le ha cargado.

(F. DE LA TORRE)

—

COSAS DE CHINA...

Existen en Pekín varios lugares en que todos los años se pierden en gran número de caballos, coches y hasta hombres.

Hace algún tiempo, las Embajadas extranjeras enviaron al Gobierno chino un *memorándum,* rogándole velase por la seguridad de sus respectivos nacionales.

Inmediatamente, el Gobierno concedió un crédito de 150.000 taels para instalar alumbrado en aquellos terrenos peligrosos.

La Administración del Celeste Imperio aplicó lo que los ingleses llaman el *squeeze system.* El gobernador de Pekín comenzó por embolsarse 75.000 taels, entregando la otra mitad de la suma a sus subordinados para ejecutar las obras. Estos se distribuyeron 40.000 taels, y el resto, o sean 35.000 taels, se transmitió a los servicios técnicos. Los servicios técnicos dieron el pico de 5.000 taels a los vigilantes municipales, para que éstos instalasen el alumbrado.

Pero estos humildes funcionarios también conocían el *system,* y a su vez se dirigieron a los *coolies,* ordenándoles que colocasen, en cada uno de los lugares indicados, un poste con una linterna, por el precio *à forfait* de 200 taels.

Por su parte, los *coolies* encargados del trabajo, convertidos *ipso facto* en funcionarios del Gobierno, tomaron de los 200 taels la parte del león. Y por fin, el problema se resolvió comprando algunas lámparas de barro, llenas de grasa y provistas de unas mechas de algodón. Aquella noche, en efecto, cada uno de los terrenos señalados estaba iluminado por uno de esos candiles...

Pero aquella misma noche, un mendigo muy popular hizo un recorrido, comió toda la grasa de los farolillos y utilizó las mechas para adornar su coleta.

Después, nadie volvió a ocuparse de aquellos lugares en que la muerte acechaba a cada paso.

(F. OSSENDOWSKI: *Tras la muralla china)*

—

Un intendente de rentas
y una modista, ¡qué gangas!,
purgan aquí con afrentas,
aquél, sus cortes de cuentas,
y ésta, sus cortes de mangas.

(J. M. VILLEGAS)

—

LOS ORIENTALES

La policía de Niza ha puesto término a las explotaciones galantes —y de las otras— de Su Alteza Imperial el príncipe Zarechendo, general y emir de Kurdistán.

A consecuencia de una información, descubrió aquélla, en la modesta habitación ocupada por el personaje, documentos que, si no son de Estado, podrían un día contribuir a la historia de la sociedad de Niza en el año de desgracia de 1927.

El príncipe llevaba minuciosamente la nota de sus éxitos femeninos: nombres, señas, exigencias, remuneraciones, todos los detalles, en suma. ¿Verán estas notas la luz pública?

Mientras esto ocurre, veamos algunas muestras de la contabilidad amorosa del príncipe:

Princesa L. M.—El título es falso y los dientes también; se dice americana, y es alemana, casada con un polonés. Confiesa cuarenta y cinco años; tiene setenta y uno. Baila de un modo que se coge (?) a las piernas de su pareja con peligro de hacerla caer.

Nota: No bailéis con ella, porque la prolongación de este ejercicio le produce alegría y fatiga. Además, no necesita bailarín. Conocida el 31 de diciembre, de las veintitrés veinticinco a las seis de la mañana. Trabajo ingrato y difícil. Honorarios: 300 francos y 20 para un coche.

Señora Z. O.—Joven griega, linda, pero muy molesta, mucho. No está casada, y repite a cada momento: "Si entrase mi marido..." Ha exigido que durante una visita de noche, conservase todo mi uniforme. Ella estaba desnuda... Honorarios: 750 francos.

Según el indiscreto *Sur la Riviera,* el emir, príncipe y general tenía entrada gratis en todas partes: teatros, carreras, casinos.

Este hombre admirable, este superhombre (¡sus notas señalan diez y seis éxitos en un día y una noche!), jamás hubiese sido descubierto a no ser por una falta, una pequeña falta: sobre el uniforme llevaba, entre un montón de cintas, placas, cruces, etc., la humilde cinta de caballero de la Legión de Honor. Pero, en la americana, cuando vestía de paisano, la cinta se convertía en roseta; y este cambio a la vista perdió al emir.

—

¿Por qué, en vez de seducir,
muchas mozas han de dar
sus pechos en encubrir?
Es claro: por no sacar
los trapos a relucir.

(J. M. VILLEGAS)

—

CONCISIÓN

En Londres circuló la noticia de que cierta revista pagaba a Kipling sus artículos a seis chelines la palabra.

La señora de un lord, que deseaba tener un autógrafo del autor famoso, le envió seis chelines, rogándole que la dedicase *una palabra.*

A correo seguido, Kipling la contestó: *Gracias.*

—

MODESTIA

Un bravo mutilado empuja su cochecillo ofreciendo a los compradores unas baratijas. Sobre el cochecillo campea este cartel:

Se suplica no se confundan con las Galerías Lafayette.

A un marido sin decoro
le dijo cierta señora:
—Si usted ha estado en Zamora,
habrá pasado por Toro.

(X. X.X.)

—

UN VICIOSILLO

—Volveré a verte dentro de tres meses...
—Viejo vicioso. No piensas más que en eso...

—

A los toros fue José,
marido de Salomé,
y ¡cuál sería su traza,
que al verle el diestro en la plaza
le mató de un volapié!

—

FRASE HISTÓRICA

Un marido, acompañado del comisario de policía, sorprende a su mujer en flagrante delito. Realizada la sorpresa, una vez que se cerró la puerta tras él y sus compañeros, la señora, con gran sangre fría, exclamó:

—Continúa la sesión.

—

Yace aquí una tal Guillerma...
Dicen que era cortesana,
y en menos de una semana
puso media corte enferma.

(J. B. BALDOVÍ)

—

EXPERIENCIA

Una señora se lamentaba de su esterilidad.

—¡Ah, diablo! —la dijo un amigo—; si yo fuese su marido, creo que conseguiría satisfacerla...

—Calle usted, hombre —replicó la dama encogiéndose de hombros—. No iba usted a ser mejor que otros...

—

—Di, ¿cómo el bestia Tomás
de hacer un discurso acaba?
—Es que un francés le apuntaba.
—Y ¿por dónde? —¡Por detrás!

(G. S.)

—

LA PAZ DEL HOGAR

Es la mañana siguiente a la noche de bodas. El joven recién casado se ha portado a la altura de las circunstancias, y la recién casada está entregada a una dulce somnolencia, llena de sueños deliciosos.

Él se levanta el primero, arregla la casa, limpia los muebles y las botas, hace el chocolate y lo lleva a su mujercita, a la que despierta a fuerza de besos.

Por fin, ella abre sus grandes y bellos ojos y le dedica una amorosa mirada.

—¡Oh, qué bueno eres! —le dice—. Te has preocupado de todo. Yo estaba sintiendo cómo trabajabas... Pero me encontraba tan a gusto... ¡Lo has hecho tú todo!

—¿Verdad que sí? —respondió el marido—. Bueno, querida... ¡Pues eso es lo que tienes que hacer tú todas las mañanas!

—

Por tirarse una pluma,
se cagó en los calzones Moctezuma.
En caso igual, Napoleón primero,
en pura mierda se manchó el trasero.
Y otros muchos, sin ser Napoleones,
se han cagado también en los calzones.

¡No aflojes nunca a la pasión la cuerda!
Lo que empieza por pedo, acaba en mierda...

—

Una muchacha fue a ver al gran Rubinstein para rogarle la escuchase y la dijese después, francamente, si debía continuar sus estudios de piano.

Obtenida la audición que solicitaba, preguntó tímidamente al genial artista:

—Qué, querido maestro, ¿qué me aconseja usted?

—Cásese lo antes posible—respondió sencillamente Rubinstein.

—

En un salón de *music-hall:*
—¿Sabéis cómo se llama esa mujer?
—Sí: Haciendo ¡Psst!

—

Un grande tahúr de amor
y una jugadora tierna,
por entretener un rato,
tratan, Dios enhorabuena,
jugar los dos mano a mano
desafiados por tema,
y que ella dentro en su casa
Dé el orden y la manera.
El juego es largo y tendido,
al fin, de toda una siesta,
él es grande envidador
y gran queredora ella.
A la primera es el juego,
porque ésta es la vez primera;
y él procura desquitarse
lo que ha perdido y le cuesta.
De antes jugaban papeles,
palabras firmes y ciertas;
mas ya moneda que corre
y pasa en toda la tierra.
Él se abrasa de picado
y sólo picarla espera,
porque si una vez la pica,
es imposible que pierda.
Ha de ser a resto abierto;
pero cerrada la puerta,
porque si pasara alguien
no denuncie a quien lo sepa.
Van a hacer lo que quisieren;
mas no más de lo que puedan.
Igual es la puesta y saca
para evitar diferencias,
por mesa toman la cama
por no querer mejor mesa.
A barajar comenzaron
y ella a dar la mano empieza;
él alzó por buena parte
do está la pandilla hecha.
Ella alcanzó a ver el juego
y al primer envite se echa,
porque él es fullero y ansia;

mas ella alcanza esta treta,
y a dos veces que baraja
lo armado se desconcierta.
Encendióse el fuego aprisa,
no hay envite sin revuelta
y lo que tiene delante
a cada mano se mezcla.
Dan medios en las paradas,
porque va a querer por fuerza,
y una vez metido el resto
lo sacan y se conciertan.
A la dama le entró el basto
estando puesta a primeras;
mas él hizo flor con todo,
haciendo mesa gallega.
Quiso luego levantarse;
mas que no se alce le ruega
y que la mantenga mano,
pues tan picada la deja;
o que haga resto de nuevo,
humilde le pide y ruega,
que ella hará otro tanto,
que allí está su faltriquera.
Tanto pudo el ruego blando
y aún el juego dio tal vuelta,
que él fue la bolsa vacía
y ella no quedó contenta.

(X. X. X.)

—

Una señora tiene sobre sus rodillas a un negrito.
—¿Es hijo suyo? ¡Qué sorpresa! ¿Entonces su marido es negro?
—No, no es negro; es cabrón solamente.

—

Tu cabello me enlaza, mi señora,
y tu serena frente me enternece;
la lumbre de tus ojos me oscurece
y tu nariz me enciende de hora en hora;
y tu pequeña boca me enamora,

tu cuello un alabastro me parece,
tu pecho leche, que ahora mengua y crece,
y en medio están dos bultos de una aurora.
Tu vientre llano y liso, allí es mi gloria;
tus blancas piernas donde vivo y muero,
tu pie exquisito donde pierdo el seso;
mas adonde me falta la memoria,
y no sé compararlo como quiero,
es, a lo que es mejor que todo eso.

(QUEVEDO)

—

Alguien fue a avisar al intendente de Marina de Brest de que se había declarado un incendio en la oficina:

—¡Ah! Ya sé lo que es —dijo—; el comisario está rindiendo sus cuentas.

—

Aunque tus hijos, ¡oh madre!,
desemejantes los ves,
sin que uno con otro cuadre,
cualquiera de los dos es
muy parecido a su padre.

(F. DE LA TORRE)

—

—¿Conoce usted bien el servicio de doncella?

—¡Oh!... La señora puede estar tranquila: conmigo nunca la sorprenderá nadie.

—

En un gran hotel de Ginebra se lee el siguiente aviso:
"La doncella no sirve a los hombres.
Está reservada para las personas de su sexo."

—

—¿Conque tu mujer tiene dos amantes y tú lo toleras?

—¿Qué quieres que haga yo?... Estoy en minoría.

—

LA POSTEMA

Érase en una aldea
un médico ramplón, y a más casado
con una mujer joven y no fea,
la que había estudiado
entre los aforismos de su esposo
uno u otro remedio prodigioso,
que, si él ausente estaba,
a los enfermos pobres recetaba.
Su caridad excitando un día,
la señora Quiteria (éste es su nombre)
vio que a su puerta había un zagalón,
ya hombre, que a su esposo buscaba
porque alguna dolencia le aquejaba.
Parecía pastor en el vestido
y a Febo en la belleza y la blancura,
mostrando en su estatura
la proporción de un Hércules fornido,
tanto, que la esculapia, alborotada,
cayó en la tentación. ¡No somos nada!
Hizo entrar al pobrete,
ya con mal pensamiento, en su retrete,
en donde le rogó que la explicase
la grave enfermedad que padecía,
porque sin su marido ella podía
un remedio aplicar que le curase.
—¡Ay, señora Quiteria! —el zagal dijo—.
Yo por lo que me aflijo
es por no hallar remedio suficiente
para el mal que padezco impertinente.
Sepa usted, pues, que así que me empezaron
las barbas a salir y me afeitaron,
también me salió vello
alrededor de aquello,
y cátate que, a poco, tan hinchado
se me puso que... ¡vaya!,
no podía jamás tenerlo a raya.
Yo, hallándome apurado
y de ver su tiesura temeroso,
pensé y vine a enseñárselo a su esposo,

el cual me lo bañó con agua fría,
con que se me aflojó por aquel día;
pero después, a cada instante, ha vuelto
el humor a estar suelto
y es la hinchazón tremenda—.
Dijo, y sacó un... San Cosme nos defienda,
tan feroz, que la médica al mirarlo
tuvo su cierto miedo de aflojarlo;
pero venció el deseo de gozar el rarísimo recreo
que un virgo masculino la promete
cuando la vez primera empuja y mete.
A este fin, cariñosa,
dijo al simple zagal: —¡Ay, pobrecito,
una postema tienes! Ven, hijito,
ven conmigo a la cama; haré una cosa
con que, a fe de Quiteria,
se te reviente y salga la materia—.
El pastor inocente
a la cura se apresta
y ella, regocijada de la fiesta,
le dio un baño caliente,
metiendo aquello hinchado
en el... ya usted me entiende acostumbrado,
con una habilidad tan extremada
y tales contorsiones,
que dejó la postema reventada
con dos o tres o más supuraciones.
Fuése el zagal, y, a poco, volvió un día
a la casa del médico, que estaba
sentado en su portal cuando llegaba;
y, viéndole venir, con ironía,
díjole: —¡Hola! Parece, por tu gesto,
que se te ha vuelto a hinchar... Pues entra presto;
te daré el baño de aguas minerales,
que suaviza las partes naturales—.
A que el pastor responde: —¡Guarda, Pablo!
Para postemas, que reciba el diablo
ese baño, que aplasta y que no estruja.
¡Toma! Cuando arrempuja
la señora Quiteria,
me la revienta y saca la materia.

(FÉLIX MARÍA SAMANIEGO)

—

ALGUNAS DEFINICIONES

Embajador.—Un espía seguro y honorable.

Un beso.—Una petición dirigida al primer piso, para saber si está libre el entresuelo.

Bidet.—Cementerio de los inocentes.

Papá.—Palabra amistosa que los niños dedican al marido de su madre.

Pulga.—Una brizna de tabaco con resortes.

Uvas.—Vino en píldoras.

—

Aquí yace una doncella...
Y han borrado: *de labor.*
¡Siempre es bueno hacer favor!

(M. DE LA ROSA)

—

En una reunión juegan a los acertijos. Una muchacha propone lo siguiente: "Ovalo húmedo, rodeado de pelo". (La solución es: *el ojo.)*

Pero un viejo general, amigo de la familia, sin poderse contener, exclama:

—*¡El coño!*

¡Gran escándalo! La familia acuerda no invitar más al general.

Al año siguiente se casó la joven, y hubo una gran comida de boda, a la que fue invitado el general.

Después de comer, la madre de la novia se acercó al general:

—Amigo mío —le dijo—, deme su opinión sincera sobre mi futuro yerno.

—¡Ah!... no, señora. Una vez dije una palabra y casi me echó usted de su casa. ¡Qué ocurriría ahora si dijera la frase tan conocida: "Quien por cordero empieza, en cabrón termina"!

—

"¿Qué lleva el señor Esgueva?
Yo os diré lo que lleva."
Lleva este río crecido
y llevará cada día
las cosas que por la vía

de la cámara han salido,
y cuanto se ha proveído,
según leyes de Digesto,
por jueces que antes desto
lo recibieron a prueba.
"¿Qué lleva el señor Esgueva?
Yo os diré lo que lleva."
Lleva el cristal que le envía
una dama y otra dama:
digo, el cristal que derrama
la fuente de mediodía,
y lo que da la otra vía,
sea pebeta o sea topacio;
que al fin damas de palacio
son ángeles de hijos de Eva.
"¿Qué lleva el señor Esgueva?
Yo os diré lo que lleva."
Lleva lágrimas cansadas
de cansados amadores
que de puros servidores
son de tres ojos lloradas;
de aquél, digo, acrecentadas
que una nube le da enojo,
porque no hay nube de este ojo
que no truene y que no llueva.
"¿Qué lleva el señor Esgueva?
Yo os diré lo que lleva."
Lleva pescado del mar,
aunque no muy de provecho,
que salido del Estrecho
va a Pisuerga a desovar;
si antes era calamar
o si antes era salmón,
se convierte en camarón
luego que en el río se ceba.
"¿Qué lleva el señor Esgueva?
Yo os diré lo que lleva."
Lleva, no patos reales
ni otro pájaro marino,
sino el noble palomino
nacido en nobles pañales;
colmenas lleva y panales
que el río les da posada;

la colmena es vidriada
y el panal es cera nueva.
"¿Qué lleva el señor Esgueva?
Yo os diré lo que lleva."
Lleva, sin tener su orilla,
árbol, ni verde ni fresco,
fruta, que es de todo cuesco,
y de madura, amarilla;
hácese de ella en Castilla
conserva en cualquiera casa,
y tanta ciruela pasa,
que no hay quien sin ella beba.
"¿Qué lleva el señor Esgueva?
Yo os diré lo que lleva."

(GÓNGORA)

—

Un político provinciano llegó a Madrid acompañado de su joven esposa.

Como estaba muy ocupado una noche, la confió a su secretario para que la llevase al teatro. Cuando volvió al hotel, bien de madrugada, no encontró a su mujer acostada, como suponía.

Inquieto, en vano dio gritos y registró en todos los muebles y hasta debajo de la cama, temiendo un drama.

Ya de día, su mujer no había vuelto aún, y no pudiendo contenerse, corrió a la comisaría para dar cuenta de lo ocurrido:

—He registrado toda la casa de punta a punta, he mirado en todos los armarios... debajo de los muebles y hasta debajo de la cama...

—¿Y no se le ha ocurrido a usted mirar debajo de su secretario? —le preguntó el comisario.

—

Dícenme, don Jerónimo, que dices
que me pones los cuernos con Ginesa;
yo digo que me pones casa y mesa,
y en la mesa, capones y perdices.
Yo hallo que me pones los tapices,
cuando el calor por el octubre cesa;
por ti mi bolsa, no mi testa pesa,
aunque con molde de oro me la rices.
Este argumento es suerte, y es agudo,

tú imaginas ponerme cuernos; de obra
yo, porque lo imaginas, te desnudo.
Más cornudo es quien paga, que el que cobra;
ergo, aquel que me paga es el cornudo,
lo que de mi mujer a mí me sobra.

(QUEVEDO)

—

Al cabo de un año de matrimonio:
Él.—Tu padre no tiene mucha prisa para darme tu dote.
Ella.—Eres injusto; nos la va dando poco a poco.
Él.—Es muy posible; pero yo me casé contigo de una vez.

—

Una viuda que lloraba
por la muerte de su Blas:
—¡El de arriba... y nadie más
me consolará!... —exclamaba.
Y, en efecto, era verdad;
mas, aunque al cielo miraba,
no estaba allí el que buscaba,
que estaba en la vecindad.

(GUERAO)

—

Un parisién que está veraneando en una aldea de Normandía se hallaba en el campo con un aldeano del lugar, cuando, de repente, empieza a llover a torrentes.
—Si continúa así —dice—, todo va a salir de la tierra...
El aldeano lo mira de reojo y exclama:
—Sería una gran desgracia, mi amo...
—¿Y por qué?
—Porque tengo tres mujeres en el cementerio, ¡pardiez!

—

Pepa a Pepe reprendía,
y él se excusaba: —No hay mengua
en mi conducta —decía—.

¿No ves, tonta, que quería
sólo buscarte la lengua?

(A. RUIGÓMEZ)

—

Un abogado recién salido de las aulas se hace instalar un lujoso despacho para la consulta y se compra un soberbio aparato telefónico que campea sobre la mesa, en espera de ser conectado con la línea.

El criado anuncia a un cliente, el primero.

Para darse importancia, el joven abogado le hace esperar veinte minutos. Y para hacer mejor la comedia, descuelga el receptor del aparato y continúa una conversación imaginaria, en el momento en que entra el cliente:

—Señor administrador delegado, estamos perdiendo el tiempo uno y otro... Es inútil que insista. No transijo en menos de novecientas mil pesetas. ¡Buenos días!

Vuelve a colgar el aparato. El cliente, un hombre humilde, parece realmente admirado.

—¿Qué desea usted, caballero?

—Es que vengo a empalmar el teléfono...

—

Jugaba con las ondas,
a la orilla del mar, Epaminondas.
En la arena sentado,
para burlar del agua la embestida,
echa los pies por alto, y así cuida
de evitar mojaduras al calzado.
Mas, por salvar las botas, el muy mulo,
una y cien veces se remoja el culo,
pescando tan feroces almorranas,
que por muchas semanas
—¡oh, tristes consecuencias de aquel juego!—
vio las estrellas con el ojo ciego...

Entre personas cuerdas,
este aforismo desde entonces rige:
—¡Preserva el culo, aunque las botas pierdas!—
O entre dos males, el menor elige;
o juegas con las ondas,
como jugaba el pobre Epaminondas.

—

Un periodista muy conocido por su indecisión
discutía con un compañero. Por fin, éste, cansado, le dice:
—Querido amigo. ¡Ten la seguridad de que no iré a tu entierro!
—¿Por qué?
—¡Porque en el camino serías capaz de cambiar de cementerio!

—

Mi marido y el tuyo
van a Linares
a buscar cuatro bueyes...
Vendrán tres pares.

—

En el cementerio de Brooklyn se lee esta inscripción:

"Sepulturas de primer orden, en situación única. Maravilloso panorama sobre el mar. Tranquilidad absoluta. Los que prueban nuestro cementerio no quieren abandonarlo nunca."

—

Un niño tanto gritó,
que, harta de oírle su madre,
—Hasta maldito sea el padre—
le dijo —que te engendró.
—¿Osas injuriarme así?—
bramó el marido de pronto.
Y ella añadió: —¡Calla, tonto,
que no lo digo por ti!

—

Un departamento de segunda clase en el tren de Bélgica a Francia. Es de noche. Viajan en aquél ocho personas.

Un joven es empujado por su vecino, un grueso señor que ronca, sobre una jovencita que no está mal del todo.

En todo caso, la muchacha está deliciosa de carnes, como el joven puede comprobar, puesto que van muy apretados. Sus piernas se rozan; y en su brazo siente el roce de un seno duro...

Como la tenue luz de aceite del vagón apenas si alumbra, el joven se enardece poco a poco y su mano trata de averiguar más a conciencia la dureza de las carnes de su compañera de viaje. La muchacha... deja hacer...

Desgraciadamente, allí, ante seis personas, aunque cinco fuesen dormidas, es imposible llevar más adelante aquella exploración. ¡Y si siquiera el señor del rincón no les mirase sin quitar ojo, tal vez se atrevería! ¡Pero el maldito no les pierde de vista!

En éstas, el tren llega a la estación de París. El joven no se conforma con abandonar así a una jovencita tan metida en carnes. Y la sigue.

—Señorita... Permítame que... mi amor... siento deseos locos.

—¡Ah, de ningún modo, amiguito! No puede seguir esto. En el tren no he dicho nada, por el consumero, que me estaba observando. ¡Al ver la insistencia de usted en sobarme, no podía él sospechar que yo iba *forrada* de tabaco! Ahora, que no hay motivo...

Como el joven se quedase con la boca abierta, agregó ella:

—¡Quiero ser buena chica! ¡Le voy a regalar media libra de tabaco para que se consuele!

—

Para cierto mal antiguo,
que casamiento se llama,
no hay más remedio en el mundo
que morirse, y santas pascuas.
Pero un demonio poeta,
que de médico echa plantas,
hame dado esta receta,
que no me parece mala.
Porque a diabólico mal
(como éste de que se trata)
de perlas han de venir
las drogas endemoniadas.
Dice así: Primeramente,
pulverícense unas raspas
de astas de macho cabrío,
y refriéguese en la cara
del paciente; esto endurece,
refresca, lustra y ensancha;
tómense luego dos libras
de esencia de buena pasta,
otras dos de vista gorda,
de disimulo diez dracmas;
échese en un grande cuerno,

como de buey o de vaca;
téngase al sereno un mes
con una segunda tapa;
disuélvanse doce gotas
en cuatro vasos de agua;
tómese, en vez de café,
por dosis la parte cuarta;
con las otras tres, lavarse
el rostro, noche y mañana;
dele a menudo a la esposa
sonantes besos de plata,
hasta que sendos pitones
entre sien y sien le salgan.
Con esto y hacerse el sordo,
no tomar cuenta de nada,
pasar el tiempo en paseos,
ver, oír y callar, basta
para que un hombre marido,
sin romperse las entrañas,
coma, baile, vista, engorde
y pase una vida santa."

(G. DE LA O. VALDÉS, *Plácido*)

—

Un médico fue avisado para asistir a una señora a la que no conocía.

Al primer golpe de vista comprendió que se trataba de una enfermedad imaginaria. A las preguntas de ritual, la señora confesó que dormía bien, que comía bien y que bebía bien.

—Bueno —dijo el médico—; veremos; la voy a dar una medicina que seguramente hará desaparecer todo eso.

—

Un hombre yo he conocido
que con vista nada ve.
—¿Es verdad? —Sí. —Pues ya sé:
el tal hombre es un marido.

—

Una boda entra en un restaurante de esos económicos. Se trata de modestísimos empleados que apenas si pueden comer.

Apenas se habían sentado en la mesa, cuando la recién casada estalla en lágrimas y sollozos comprimidos.

—Se me ha caído al suelo el *bisté*... Se lo va a comer el perro.

—No tengas cuidado, querida —dice el marido, mirándola amorosamente—. No tengas cuidado... Le he puesto el pie encima...

—

Tu madre dice qué quiero
hacer de ti una criada;
anda, ve y dile a tu madre
que al fin pararás en ama.

—

—Señorita, yo no he pedido el pan con manteca por los dos lados.
—Pero si no la tiene nada más que por un lado...
—Entonces, ¿por cuál de ellos?

—

LA CONFORMIDAD

Dos lindos zagales,
al salir, del templo
en el mismo día
de su casamiento,
asidos del brazo,
llenos de contento,
marchan a la casa
do el dulce himeneo
celebrar debían
al uso del pueblo.
La novia, zagala,
en su mirar tierno
delata a su esposo
el vivo deseo
de encontrarse a solas
con su dulce dueño.
Éste, por su parte,
quería lo mismo,
y, asiendo a la novia
los hermosos dedos,
dice: —¡Qué torneados,
qué blancos y tersos!
—¡Toma! ¿Ya principias?
Deja, no juguemos,
que lugar nos queda
para estos enredos...
—Mira, esposa mía,
¿sabes lo que pienso?
De aquí a nueve meses
ya un hijo tendremos...
—¡Ay, si fuese niña!
¡Jesús qué contento!
—Déjate de niñas;
yo un varón deseo.
—Yo haré lo que pueda;
cuenta con mi celo.

—Y ¿qué te parece?
¿cuál será más bueno:
que comamos antes
y lo hagamos luego,
o bien que, en llegando,
lo hagamos primero?
—Por mí, como quieras;
después comeremos.

—

Levy es llevado ante los Tribunales por haber vendido vino adulterado.

—¿Se confiesa usted culpable, Levy? —le dice el juez.

—De ningún modo, señor juez. ¿Me permite que le haga una pregunta?

—Dígame.

—Señor juez, ¿conoce usted la química?

—No.

—Y el señor perito químico, ¿conoce el Código?

—No, puesto que sólo es perito.

—Entonces, señor juez, me voy a permitir hacer una observación: Usted es el juez y el señor es el perito, dos hombres instruidos. Pero usted, señor juez, conoce la ley y no la química, y el señor perito conoce la química, pero no la ley. ¿Cómo quieren ustedes que yo, que sólo soy un pobre viejo judío, conozca las dos cosas?

—

Un marido sorprende a su mujer con su amante, los dos casi desnudos.

—¡Miserable! ¡Miserable! No tienes ni la excusa de las desgraciadas que se venden.

—¡Oh, querido!... Te aseguro que me he hecho pagar bien.

—

Hablando del Himeneo,
una joven dijo así:
—Es un gusto, según creo,
.pues se forma con la I
y después sigue el meneo.

(J. M. Palacios)

—

La marquesa de Brosse era la mejor mujer del mundo y la más cariñosa, aunque un poco inclinada a la lujuria. Su propio padre la dijo un día en presencia del obispo de Mende:

—Sí, hija mía; tu marido es tan impertinente, que es ofender a Dios no hacerlo cabrón.

Ella se rió como una loca y el sacerdote dejó entrever una sonrisa.

Un día, Maucroix encontró su confesión por escrito, en la que ella decía que "cuando miraba atentamente el Crucifijo sentía pensamientos de blasfemia".

(TALLEMANT)

—

A su abuelita Anacleta
ayer preguntó Loreto:
—¿Qué es enfermedad secreta?—
Y ella contestó discreta:
—La que se adquiere en secreto.

(R. S.)

—

—Imaginaos que al fondo de una avenida desierta hemos encontrado a Santiago Clers y a Roberto Flary... estrechamente abrazados,

—¡Qué horror!

—Es que Santiago Clers es el seudónimo literario de madame Bertrand.

—¡Ah, respiro!

—...Y Roberto Flary, el de la señorita Germana Lamare...

—

Entró de doncella en casa
de una marquesa elegante,
cediendo a su suerte escasa,
la hija de un pobre cesante,
la preciosa Nicolasa.
—Sufre el rigor de tu estrella—
su madre la repetid;
pero contestaba ella:
—No sufro más, madre mía:
yo no quiero ser doncella.

—

Al cabo de quince años de matrimonio, una señora de cierta edad va, por fin, a gustar las delicias de la maternidad. En estas circunstancias, recibe la visita de una de sus amigas.

—¿Cómo? —exclama la visitante—. ¿Puede usted dar a luz de un momento a otro y no tiene usted un médico a su lado?

La señora, que está ya en la cama y que es muy conocida por su avaricia, responde sencillamente:

—Ciertamente, no... Ya sabe usted que mi marido y yo nos hemos educado en Inglaterra... y tenemos la opinión de que es preciso acostumbrar a los niños, desde su más tierna infancia, a salir solos...

—

Don Tomás, glotonazo sin dinero,
devoró de castañas un puchero.
Mas las castañas son, como es sabido,
inyecciones de viento comprimido.
Y el pobre don Tomás, la noche entera
la pasó en detonante pedorrera.
Y entre aquel disparar ventosidades,
clamaba el desdichado:
—¡El castigo es la sombra del pecado!...
¿Siembras vientos?... ¡Recoges tempestades!

—

Dos amigos, buenos bebedores, después de numerosas estaciones en diversos bares, se deciden a volver a su casa. Antes de beber, habían acordado que el que estuviese menos borracho acompañase al otro a su domicilio.

En efecto, el que estaba más fresco cogió a su amigo por el brazo y, después de un viaje circular, le condujo hasta la puerta.

—Ya estás en tu casa —le dice.

—Llévame a la cama —suplica el borracho—. Yo solo no acertaré nunca.

—¿En qué piso vives?

—Por suerte es en el piso bajo. ¿Ves esa ventana que da a la calle? Pues ésa es mi alcoba. Aquí tienes la llave.

El amigo abre la puerta, entra en la alcoba de su camarada, separa las que supone cortinas del lecho, empuja a su camarada y sale deseándole una buena noche.

Al llegar a la calle queda sorprendido, viendo a su compañero tirado en el suelo al pie de su ventana.

—¡Bueno! —murmura—. ¡Se ha vuelto a salir!

Y repite la misma operación.

¡Rayos y truenos!..: Al pisar de nuevo la calle vuelve a encontrarse al borracho en el suelo.

El juego se repite tres, cuatro, cinco veces.

Por último, el amigo complaciente se enfada:

—Si vuelves a salir de tu casa —dice indignado— te dejo fuera.

A lo que el otro replica entre golpes de hipo:

—Dime tú, querido, ¿cuándo vas a acabar de tirarme por la ventana?...

—

LA PAGA ADELANTADA

Una soltera muy escrupulosa
casarse rehusaba,
y decía a su madre que pensaba
que hacer la mala cosa
aún después de casada era pecado.
Un bigardón del caso fue informado,
y, habiéndose en la casa introducido
y hallándose querido,
pidió a la niña luego en casamiento.
Ella el consentimiento
dio con la condición de que tres veces
en la primera noche se lo haría
por ponerla corriente, y seguiría
luego una sola vez todos los meses.
Hízose, al fin, la boda,
y, de la noche ya llegado el plazo,
la muchacha tres veces, brazo a brazo,
sufrió, sin menearse, la acción toda.
Concluyó el fuerte mozo su trabajo
y durmióse cansado; ella, impaciente,
andaba impertinente
volviéndose de arriba para abajo,
hasta que él acabó por despertarse
y, huraño, dijo: —¡Hay tal cosquillería,
que por dos veces ya me has despertado!
— Y ella exclamó, acabando de arrimarse:
—¿Me quieres dar un mes adelantado?

(FÉLIX MARÍA SAMANIEGO)

—

Un borracho, dando traspiés, empuja violentamente a un transeúnte. Este protesta de mal humor:

—¡Caramba!... ¿No me había visto usted?

—Al contrario, amigo; le veo doble.

—¿Entonces?

—Quería pasar entre los dos.

—

Anochecido, una pareja de enamorados toman un taxi.

—Chofer, a la Moncloa.

El chofer los contempla y dice en voz baja:

—Oiga, señor... apenas si me queda bencina... Si no le molesta, me estaré aquí parado...

—

En una peluquería:

—Maestro, tiene usted las manos sucias.

—Es que hoy aún no he lavado la cabeza a ningún parroquiano.

—

A UN VIEJO QUE SE CASÓ CON UNA MUCHACHA

Mal viejo desvariado,
caduco montón de tierra,
al postrer tercio cansado,
diez quos habéis desposado
estando blanca la sierra;
y queriendo tal hacer,
hay tanta desigualdad,
que tomaste por mujer
a quien podredes tener
por vuestra nieta en edad.
Es un caso monstruoso,
muy admirable y extraño
tener niña por esposo
un viejo tan gargajoso;
muy notable fue el engaño.
Porque, bien vista la edad,

es justo quen menosprecio
alegue, como es verdad,
ser en más de la mitad
engaño del justo precio.
No tenéis diente ni muela,
y, estando de canas lleno,
al mantener de la tela
menester habréis espuela
más que no tirar del freno.
Ya ni bastarán piñones
ni huevos frescos asados,
pues que tenéis los bolsones,
el reclamo y compañones
como fuelles arrugados.
Y pues no podéis cumplir
con ella tan a menudo,
está cierto sin mentir
que ya no podéis huir
ni escapar de ser cornudo.
E aunque la triste ha llegado
al escurrir de la hez,
estaréis desconfiado
y ya muy desahuciado
de casaros otra vez;
porque ya, según Natura,
es la vida tan escasa
y el vivir tan poco dura,
que está ya en la sepultura
quien de cincuenta años pasa;
cuanto más si de setenta
con Su diezmo, como vos;
y andando en aquesta renta,
hallaréis por vuestra cuenta
que presto seréis con Dios.
Y así, queriendo cumplir
con ella, siendo imposible,
procuraréis insistir,
por do vengáis a morir,
ques cosa más contingible.
Pero también se me entiende
que me podéis alegar
aquel vulgar quos defiende:
"Si el pajar viejo se enciende,

diz que malo es de apagar".
Mas puédese responder
muy breve, sin pesadumbre:
para haberse de encender,
era, cierto, menester
de vuestra parte más lumbre.
Vuestro hecho es ya toser,
gargajear y groñir,
mear, cagar y peer,
así que, a mi parecer,
se puede de vos decir:
Aunque soy viejo y cuitado,
mis tres vegaditas hago.
Para quitar el deseo,
antes que me acueste meo,
estando en la cama peo,
cuando me levanto cago;
mis tres vegaditas hago.

(X. X. X.)

—

Durante la guerra de Italia, en la época de Napoleón III, en un pueblo ocupado por las tropas francesas, un aldeano del país pasó ante un centinela, ocultando un objeto bajo la capa.

—¿Qué llevas ahí? —preguntó el centinela.

—Es... ¡Es un puñal! —exclamó el italiano con los ojos desorbitados.

El centinela metió la mano bajo la capa y se apoderó del objeto que ocultaba el aldeano. Era una botella de vino, que el centinela se bebió de un tirón, devolviendo a su dueño el casco vacío: —

¡Toma, valiente! ¡Te perdono la vaina!

—

Moreau hijo, se estableció como carnicero en su pueblo, sucediendo a su padre.

—¿Qué muestra vas a poner?

—Aún no lo sé.

De repente exclama:

—Ya sé lo que voy a poner. Sencillamente esto: "Moreau mata a los cochinos como su padre..."

—

De Murcia escribe Pascual:
"El año perdióse al cabo:
¡Poco vino, trigo mal!
Habrá que agarrarse al nabo
para pasarlo tal cual".

—

—¿Quién te ha puesto así el ojo, Víctor?
—Ha sido la vaca. Tenía la costumbre de darme con la cola en la cara, y entonces la até un ladrillo.

—

Aunque dicen que tienes
cinco cortejos,
no llegaré yo tarde
si llego al sexto.
Nada se aumenta,
porque tú con el sexto
siempre haces cuenta.

—

En el colegio:
—Vamos a ver, José, ¿qué hicieron los hebreos al salir del Mar Rojo?
—Se pusieron a secar.

—

A la pelota jugando
Restitute y Asunción,
él arriba en el balcón
y ella abajo bromeando;
noté lo lista que andaba
la niña cuando quería,
pues diez veces recibía
si diez él se la tiraba.

—

Últimos ecos de la Gran Guerra:

... Ahora bien; el Padre Eterno dice a Moisés:

—Bueno; tú, que te ocupas especialmente de ese insoportable planeta en que las gentes no pueden estar tranquilas, ¿puedes decirme quién ha ganado la guerra?

El Patriarca no pudo ocultar un ligero encogimiento de hombros.

—Verdaderamente, Señor —respondió—, si yo no os hubiese inventado (porque... no es que os lo eche en cara... pero sin el monoteísmo, Vos no estaríais aquí), me atrevería a preguntar si Vuestra Eternidad habla en serio.

—¡Qué diablo! —exclamó el Eterno—. ¡Tú sabes muy bien que Yo vivo fuera del Espacio y del Tiempo, en pleno Absoluto, y que las contingencias no me incumben. Tú me harás la justicia de que Yo he guardado la más estricta neutralidad! Pero ahora que eso ha terminado...

—¡Provisionalmente, Señor!

—Como todas las cosas humanas, Moisés... Pero querría saberlo.

—¿Vuestra Eternidad no lee periódicos?

—En todas las lenguas, ¡ay! Y de aquí justamente Me viene esta incertidumbre. ¡Vamos a ver! Tú, que conocías por adelantado todos los comunicados, aun los que no habían sido objeto de censura, ¿Me podrás decir?...

El Patriarca eludió la respuesta.

—Si Vuestra Eternidad —dijo— quiere verdaderamente conocer el resultado completo, no veo más que un medio: convocar a todos los beligerantes... y hasta los neutrales, para interrogarlos.

—¡Eso es! —murmuró el Eterno—. Excelente idea. Llama a los mariscales, generales, diplomáticos...

... Un querubín preparó el salón.

Cuando cada uno estuvo en su puesto, lo que exigió bastante tiempo...

—Os he llamado, señores —dijo el Eterno—, para preguntaros quién ha ganado la guerra.

En la reunión surgió un clamor inmenso y confuso.

—No habléis todos a la vez —suplicó Moisés.

Pero una voz dominó el tumulto: la del canciller von Bismarck, que gritó:

—Ha sido Alemania... ¡ *Deutschland über alles!*

Una enorme carcajada le respondió.

—No hagas caso, Señor —dijo Moisés—; se equivoca.

—¡Ha sido Inglaterra! —declaró una voz más autorizada—. Ha conquistado definitivamente el imperio de los mares; ha aumentado sus posesiones coloniales.

—¡Ha sido América! Su magnífica intervención ha dado la victoria.

—¡Ha sido Italia, que, llevando sus cañones hasta las nubes, ha vencido a la vez a sus enemigos y a la Naturaleza!

—¡Ha sido el Japón!

—¡Ha sido Grecia!

—¡Ha sido Bélgica!

—Moralmente, los vencedores hemos sido nosotros, los rusos, que nos hemos librado de la tiranía y que hemos debutado tan admirablemente.

—¡Y también nosotros! —gritaron las voces un poco confusas de los neutrales—. Nosotros, que hemos abastecido a todos los contendientes... Nosotros, que hemos auxiliado a todos los heridos.

—¡A votos!

—¡Os llamo a todos al orden! —gritó Moisés.

Sin embargo, su mirada acababa de distinguir en la última fila de la inmensa muchedumbre, una figura inmóvil y silenciosa.

—Y tú, el de allá abajo, ¿no dices nada?

—¡Oh, yo —dijo una voz apagada— no soy más que el soldado desconocido!

—¡Caramba! —exclamó el Eterno—. He oído hablar mucho de ti. Y me parece que aquí eres tú el que tiene derecho a exponer su opinión.

—¡Oh, Dios mío! —contestó el interpelado—. Yo estoy contento, por mis compañeros, de que esto haya terminado. En cuanto a lo que dicen esos señores, es muy posible que tengan todos razón. Pero, sea como quiera, tendrán que reconocer que si yo comienzo a sacudir aquí puñetazos como los que daba en la Gran Guerra, se acaba la discusión y no vuelven a producirse nuevas contiendas.

—

EL CAÑAMÓN

Cierta viuda, joven y devota,
cuyo nombre se sabe y no se anota,
padecía de escrúpulos de suerte
que a veces la ponían a la muerte.
Un día que se hallaba acometida
de este mal que acababa con su vida,
confesarse dispuso,
y dijo al confesor: —Padre, me acuso
de que ayer, porque soy muy guluzmera,
sin acordarme de que viernes era,
quité del pico a un tordo que mantengo,
jugando, un cañamón que le había dado
y me lo comí yo. Por tal pecado,
sobresaltada la conciencia tengo
y no hallo a mi dolor consuelo alguno,
al recordar que quebranté el ayuno—.
Díjola el Padre: —Hija,
no con melindres venga
ni por vanos escrúpulos se aflija,
cuando tal vez otros pecados tenga—.

Entonces, la devota de mi historia,
después de haber revuelto su memoria,
dijo: —Pues es verdad: la otra mañana
me gozó un fraile de tan buena gana,
que, en un momento, con las bragas caídas,
once descargas me tiró seguidas,
y, porque está algo gordo el pobrecillo,
se fatigó un poquillo,
y se fue con la pena
de no haber completado la docena—.
Oyendo semejante desparpajo,
el cura un brinco dio, soltó dos coces
y salió por la iglesia dando voces
y diciendo: —¡Carajo!
¡Echarla once, y no seguir por gordo!
¡Ese sí es cañamón y no el del tordo!

(FÉLIX MARÍA SAMANIEGO)

—

La niña de una artista y un muchachito se divierten juntos.

—¿A qué vamos a jugar ahora? —pregunta el muchacho.

—A hacernos el amor —responde la chiquilla—. Mamá dice que éste es el juego más divertido.

El muchacho reflexiona un momento y exclama:

—Sí; pero ¿con quién te voy a engañar?

—

—¿Y aquel gabán color lila
que hace dos años llevabas?
—¿El de terciopelo? —Sí.
—Ya no me viene. —¡Ay, qué lástima!

—

En una provincia se ve la causa por una violación.

La vista se celebra a puerta cerrada. El presidente interroga amablemente a un muchachito de ocho años que, por casualidad, había presenciado el delito:

—Vamos a ver, amiguito: dinos lo que has visto. No tengas miedo. Habla.

—Verá usted, señor —dice el joven testigo, muy orgulloso—; lo he visto muy bien. Él ha cogido a la señorita en brazos y después la ha llevado a la cama.

—¡Bien, bien! —murmura el presidente, muy excitado—. Continúa, hijo mío, continúa. ¿Y qué ocurrió después?

—Yo no lo sé —continuó el muchacho—; no puedo decirlo, porque con el culo me hizo señas de que me fuera.

—

—Granuja, te has vuelto a pegar con Juan y voy a tener que comprarte unos pantalones nuevos.

—¡Oh, mamá! Pues si viese a Juan..., ¡creo que su mamá se verá obligada a comprar otro chico nuevo!

—

Un chico de Jerez
comió cuarenta peras de una vez,
y a poco de acabadas
daba el pobre las últimas boqueadas.
Esto prueba, lector, aunque no quieras,
que no debe abusarse de las peras.

—

PRECURSORES

En estos últimos tiempos se ha escrito mucho acerca del origen del *jazz-band*, que, según opinión general, nos viene de América.

Sin que pretendamos tomar parte en una discusión de un interés por lo demás muy relativo, nos parece muy interesante transcribir lo que decía, en los últimos años del Segundo Imperio, el memorialista y bohemio Privat d'Anglemont, hablando del baile de la *Grande Chartreuse:*

"Este baile, que se convirtió más tarde en la *Closerie des Lilas* y después en el baile *Bullier,* era muy célebre a principios del siglo XVIII.

En la *Grande Chartreuse* todo era extraño: la *toilette* de las mujeres, el atavío de los hombres, las danzas y, sobre todo, la orquesta diabólica del *padre Carnand,* en la que todo servía como instrumento de música: los sacos de escudos, los tiros de pistola, los yunques, las placas de palastro sobre las cuales se golpeaba, los gritos de animales..."

—

En un tranvía, que va medio vacío, un hombre de edad madura, ahogado por el calor, se quita los lentes y los pone descuidadamente en el asiento a su lado. En la parada siguiente sube una señora, que va a sentarse precipitadamente sobre los lentes del caballero. Al sentir el bulto, lanza un pequeño grito, se levanta y pide perdón al viajero.

—¡Oh, señora! —dice éste—; no se inquiete por tan poco: ¡han visto otras muchas cosas!

—

RESPUESTA DE DON TOMÁS DE IRIARTE A UNA DAMA QUE LE PREGUNTÓ QUÉ ERA LO MEJOR QUE HALLABA EN SU CUERPO

Con licencia, señora, de ese pelo
que en rubias ondas llega a la cintura,
y de esos ojos cuya travesura
ardor infunde al pecho más de hielo;
con licencia del talle, que es modelo
propuesto por Cupido a la hermosura,
y de esa grata voz cuya dulzura
de un alma enamorada es el consuelo,
juro que nada en tu persona he visto
como el culo que tienes, soberano,
grande, redondo, grueso, limpio, listo;
culo fresco, suavísimo, lozano;
culo, en fin, que nació, ¡fuego de Cristo!,
para el mismo Pontífice romano.

(TOMÁS DE IRIARTE)

—

El Emperador se quejaba de sus generales:
—Son unos estúpidos, unos idiotas —afirmaba en tono despectivo.
Y después de una pausa:
—Es indignante que me vea obligado a elegirlos entre los coroneles.

—

Una encantadora criatura de doce años, que ya comenzaba a razonar, preguntó cierto día a su padre sobre el darwinismo y si era verdad que el hombre desciende del mono.

El buen padre se explicó como pudo para no despertar demasiado la perspicacia de su hija. Cuando terminó su explicación, la muchacha concluyó:

—Bueno, sí, papá, entiendo...¡Hay hombres que han preferido continuar siendo monos!

—

Décima alusiva a la marquesa de Chareta, que, habiendo vivido en una casa de Madrid, donde el rey Felipe V trató con ella y tuvo un hijo, después se hizo (la susodicha casa, se entiende) fábrica del convento de monjas llamadas de Calatrava, con el título de Nuestra Señora de la Concepción:

Pasajero, ésta que ves
casa, no es la que solía;
el rey la hizo putería,
para convento después.
Lo que ha sido y lo que es,
aunque con roja señal
y título en el umbral,
ella nos dice y enseña:
que casa en que rey empreña
es la Concepción Real.

(X. X. X.)

—

Un botones a su amo:

—Ha venido un señor a preguntar por usted para romperle la cara...

—¿Y qué le has dicho?

—Que lo sentía mucho... pero que no estaba usted.

—

Durante una terrible batalla, un soldado, presa de gran pánico, salió huyendo por una trinchera; al cabo de diez minutos salió de ésta y emprendió la marcha a través de los campos durante dos horas. De pronto se topó con un oficial, cuyas insignias no pudo distinguir por ser ya de noche.

—¿Dónde vas?

—Per... Perdón, mi capitán.

—Yo no soy capitán.

—Per... per... perdón, mi coronel.

—No soy coronel.

—Per... per... per... dón, mi general.
—Sí, soy general. ¿Dónde vas?
—No... no lo sé... ¡Pero no creí que estaba tan lejos!

—

Alguien dijo ante Fontenelle que el café era un veneno lento.
—Muy lento, parque hace cerca de ochenta y cuatro años que me está matando.

—

Octava a una señorita que aborrecía a los hombres y se deleitaba con un alfiletero charolado:

Quien goza de tu ardiente delantera es un alfiletero. ¡Qué diablura!

Por tiesa te deleita la madera
y por escurridiza la pintura;
poca es la leña para tanta hoguera;
si a un palo le regalas tal dulzura
y con él hoy tu sexo así se huelga,
¿qué haré yo con la carne que me cuelga?

(X. X. X.)

—

Un francés, que recorría la costa africana en viaje de estudio, encontró en una calle a una indígena, cuya belleza morena, su andar ondulante y su gracia natural atrajeron su atención.

En este país —como en Francia— es costumbre piropear a las mujeres que van solas. Nuestro viajero, por no faltar a la costumbre y sin vacilar un instante, se acercó a la bella desconocida, a la cual propuso *incontinenti* casarse con ella.

Pero la joven, que sin duda había recibido educación a la francesa, le contestó con esa voz cantarina de las gabonesas que hablan nuestro idioma:

—Seguid vuestro camino, caballero... Yo no soy lo que usted se ha creído.

Y dijo esta frase en un tono que no admitía réplica. El viajero la aguantó con la sangre fría de un veterano, y continuó su paseo.

Pero apenas había andado diez metros cuando la bella morena le alcanzó, preguntándole:

—Y si yo fuese lo que usted se ha creído... ¿cuánto me daría usted?

—

Al salir de unos baños públicos, pregunta Diógenes a un transeúnte:
—¿Dónde se lavan los que se han bañado aquí?

—

LA AVELLANA

No teniendo muela sana
el bueno de don Servando,
en balde estaba pugnando
por partir una avellana.
Mas al verle en tal atasque,
con cariñoso interés
le dijo la hermosa Inés:
—¿Quiere usted que se la casque?

(EL LEGO)

—

PENSAMIENTOS

Un escritor que no logra hacer una obra, se convierte a veces en un buen crítico: Un vino malo puede hacer un excelente vinagre y un buen coñac.

No debe morderse el fruto, prohibido con dientes postizos.

Dos mujeres constituyen una asamblea; tres, un infierno *(Proverbio chino).*

La más linda mujer del mundo no puede dar más de lo que tiene... ¡Pero lo hace pagar tan caro!

Es muy difícil conocer a la mujer y al melón: Entré ciento, apenas si encontramos uno bueno.
La nobleza, dicen los nobles, es el intermediario entre el rey y el pueblo: Como el perro es un intermediario entre el cazador y la liebre.

—

Un marido pierde a su mujer. Al día siguiente un amigo le visita para consolarle y se lo encuentra acostado con la criada.
—¡Hombre, hombre!... ¡Eres un exagerado!

—¿Qué quieres? —dice el viudo entre suspiros—. Cuando tengo una gran pena no sé lo que me hago.

—

De su esposa dijo Antón
que tuvo la condición
de ser de todos querida...
Primera vez en la vida
tuvo el marido razón.

(ENRIQUE G. BEDMAR)

—

En la playa dos amigos están charlando:
—¿Qué te pasa, querido, que estás escupiendo hace una hora?
—Nada, que se me ha metido arenilla en la boca.
—¡Pero si no hace viento!
—No; pero es que mi mujer ha estado toda la mañana sentada en la arena.

—

A UNA DAMA QUE AL BEBER ROMPIÓ LA ALCARRAZA

Es el búcaro travieso
tan discretamente sabio,
que el suyo acercó a tu labio
para hacer más largo el beso
Pero no tomes a exceso
que el incauto se vertiera,
que de tu cara hechicera
al sabroso rozamiento
(perdona mi atrevimiento)
lo mismo me sucediera.

(M. BRETÓN DE LOS HERREROS)

—

Decían a un pescador:

—De todos modos, debe ser muy aburrido estar así varias horas en el mismo sitio.

—¡Ca!... No tanto como parece... Casi siempre tiene uno alrededor tres o cuatro idiotas que le distraen...

—

UN CONSEJO

A la doncella Lucía,
que era en extremo holgazana,
con enojo le decía
su señora una mañana:
—Por más que juiciosa seas
y honrada, como es muy justo,
hija, si no te meneas,
a nadie vas a dar gusto.

(Enrique M. Faquineto)

—

Un viejo solterón se pasaba todas las noches en casa de una señora, viuda hacía algunos años.

—¿Por qué no te casas con ella? —le preguntó un amigo.

—Ya he pensado en ello... Pero si me caso, ¿dónde voy a pasar las noches?

—

En una reunión, durante una tarde de lluvia, se distraían como se les ocurría.

Un joven tuvo la idea de organizar un concurso de gestos raros y absurdos. Cada uno procuró poner la cara más fea que pudo. El invitado que había de juzgar examina cuidadosamente los rostros que le rodean y, por último, se acerca a una de las señoras e, inclinándose ante ella, le dice:

—Señora, creo que merece usted el premio.

—Pero, caballero —replica la señora—, ¡si yo no tomaba parte en el concurso!

—

LA LINTERNA MÁGICA

Un novicio tenía en su convento
el entretenimiento,
cuando a solas estaba,
de tocarse el guión que le colgaba,
porque, como del claustro no salía,
gozar de otros placeres no podía.
Sorprendióle en sus sucios ejercicios
una vez el maestro de novicios,
y el converso, turbado,
queriendo se ocultase su pecado,
imploró la piedad del reverendo,
el cual así le dijo sonriendo:
—Hermano, yo conozco la flaqueza
de la naturaleza;
sé que en esta mansión de santa calma
la carne nos domina cuerpo y alma,
y a perdonar su culpa me acomodo;
pero quiero me diga de qué modo
puede hacerse ilusión consigo mismo,
pues aunque usaba yo del onanismo
cuando era mozalbete sin dinero,
luego que descubrí cierto agujero
que tienen las mujeres,
sólo con ellas pude hallar placeres.—
El novicio, admirando la clemencia
de su maestro, así a su reverencia
le descubre el secreto,
diciéndole: —Maestro, en un aprieto,
es mi imaginación ardiente y viva
quien me ayuda a la parte sensitiva,
porque, en las ilusiones que me ofrece,
una linterna mágica parece.
Verbi gratia: figúrome que veo
pasar con lujurioso contoneo
a la Ojazos, y exclamo: "¡Ay, Dios! ¡Qué hermosa!";
y empuño, como veis, luego mi cosa
dándole... uno..., dos..., tres... golpes de mano
que a la Ojazos dedico muy ufano.
Después digo: "Ahora pasan las Trapitos
con melindres y adornos exquisitos;

¡qué morenas que son!..., ¡qué provocantes!;
y a su salud van dos pasavolantes."
Luego pienso: "Allá va la Zapatera,
que un mar de tetas lleva en la pechera.
¡Ay, qué gorda! ¡Qué blanca! ¡Qué aseada!
¡Qué pierna se la ve tan torneada!
Bien merece su garbo soberano
la dedique seis golpes de mi mano:
uno..., dos..."—
Aquí el fraile, que veía
que el novicio a lo vivo proseguía
su cosa golpeando
y que ya de la cuenta iba pasando,
le dijo: —Espere, y ya que así se aplica,
dígame a quién dedica
de su linterna mágica el pecado.—
A que el novicio respondió, siguiendo
su negocio y la obra concluyendo:
—¡Ay, padre! Pues pasó la Zapatera,
ésta va a la..., ¡qué gusto!..., a la cualquiera.

(FÉLIX MARÍA DE SAMANIEGO)

—

¿Quiere verme una señora?... ¿Qué tal es?
Poco más o menos, como la señora.
¡Entonces di que no estoy!

—

Tiene un Juan de poca cholla
una niña muy traviesa.
Uno le dijo:
—¿Y la polla?—
Y él le contestó:
—Tan tiesa.

(DON JUNÍPERO)

—

Dos judíos firman un contrato de sociedad. El último artículo decía:
"En caso de quiebra, los beneficios se distribuirán por partes iguales entre ambos socios."

—

UNA DUDA

Bustamante, el comandante
del general Hinojosa,
con la esposa
en todas partes está.
Y el general, muy ufano,
nos dice que es Bustamante
su ayudante.
¿Lo será?

(A. R. CHAVES)

—

—El piso sólo vale tres mil pesetas, pero no tiene agua, ni gas, ni "water"...
—Eso no me importa, porque ¡como no tengo las tres mil pesetas!

—

Un carnicero lleva a su hijo, de siete años, a casa de un médico. Éste le reconoce, y dice:
—Lo pesa usted dos veces por semana.
—¿Con hueso y todo?

—

Pregunté al mozo Mateo
por la pieza de Hinojosa
que se ensaya en el Recreo,
y él me contestó: —Algo floja;
habrá que darla un meneo.

(LUIS LÓPEZ)

—

—Le traigo a usted la moneda de cinco pesetas que prestó a mi papá esta mañana.
—No corría tanta prisa, pequeño.
—¡Si es que es de plomo!

—

Madame Staël, a Bonaparte:
—¿Qué opináis, general?
—No me gustan las mujeres que hablan de política.
—Tenéis razón; pero en el país en que les cortan la cabeza, es natural que ellas pregunten el porqué.

—

—¡Ah! ¿Se ha casado Irma? ¿Y qué vida hace ahora?
—¡Oh!, siempre la misma... ¡Sólo que tiene un marido más!

—

A PARTIR UN PIÑÓN

Con tus labios inocentes
medio piñón sujetabas,
y el otro medio tratabas
de ponerlo entre mis dientes.
Yo, con ademán travieso,
el medio piñón corté;
pero, en cambio, te dejé
entre los labios un beso.
No te vayas a reír
de lo que a decirte voy;
pero di: ¿no tienes hoy
otro piñón que partir?

(CONSTANTINO GIL)

—

El gramático Beauzée encuentra a su mujer acostada con un quídam. Este, espantado, exclama:
—Señora..., ¡cuando yo le decía que era hora de que me fuese!
—Al menos diga: ¡de que me hubiese ido! —replicó el marido, retirándose.

—

—¿Para qué lleva usted ese nudo en el pañuelo?
—Lo ha hecho mi mujer para que no me olvide echar su carta al correo!
—¿Y la ha echado usted?
—No; ¡porque se le ha olvidado dármela!

—

La Fontaine era el hombre más distraído del mundo.

Un día, en una reunión de sociedad, estuvo hablando buen rato con un joven. Cuando éste se marchó dijo el gran fabulista:

—Está muy bien este muchacho. ¿Quién es?

—¡Pero si es vuestro hijo!...

—

LA PEREGRINACIÓN

Iba a Jerusalén, acompañada
de su esposo, una joven remilgada,
de carácter modoso, grave y serio,
y aparentando un santo beaterio.
Siempre que su marido la embestía,
inmóvil en la acción se mantenía;
y él, pensando que en ella
duraba la vergüenza de doncella,
su pudor respetaba,
al obrar, cada vez que la atacaba.
Su peregrinación y tiernos votos
iban ya a ver cumplidos los devotos,
cuando, antes de llegar a feliz puerto,
diez árabes les salen del desierto
y en el ancho camino
cogen al matrimonio peregrino.
Sin detención los dejan en pelota,
y viendo la beldad de la devota,
resuelven, sin oír sus peticiones,
en su esponja exprimir los compañones.
Atan luego al marido,
de vergüenza y de rabia poseído,
y panza arriba a la mujer recuestan

y alegres manifiestan
diez erguidos y gordos instrumentos
capaces de empreñar hembras a cientos:
vergajos que en el mundo no hay iguales
sino bajo los sayos monacales.
Miró nuestra heroína sin turbarse
el diezmo musulmán que iba a cobrarse,
y, al saciar del primero los deseos,
con hábiles y rápidos meneos
agitó sus caderas de tal suerte,
que dejó hecho un guiñapo al varón fuerte.
Según su antigüedad y sus hazañas,
sobre ella los demás pruebas tamañas
de su vigor hicieron,
y aun con más prontitud vencidos fueron.
Quedaba un musulmán de bigotazos
que quitaba los virgos a porrazos;
engendrador a roso y a velloso;
máximo atacador del sexo hermoso.
Aqueste, pues, embiste a la beata;
ella en sus movimientos se desata,
él se procura asir con fuerte mano
y la quiere cansar; pero es en vano,
porque al choque impetuoso
el árabe rijoso
se siente vacilante y, reculando,
pierde su dirección; así luchando,
barriga con barriga,
puede más que el deleite la fatiga,
y la virilidad del moro bravo
viene a quedar en un moco de pavo.
Concluida de los árabes la empresa,
márchanse a toda priesa;
la beata se levanta y se sacude
y a desatar a su marido acude,
que, testigo infeliz de su trabajo,
estaba pensativo y cabizbajo.
Viéndole así la esposa,
le anima cariñosa,
diciéndole que aliente,
pues de Dios es milagro bien patente
el haber con las vidas escapado.
A lo cual él responde: —Ya he observado

el milagro que han hecho tus meneos,
que jamás han cedido a mis deseos,
pues siempre me decías: "Ahí lo tienes".—
Y ella entonces repuso, enfurecida:
—¡Está buena la queja, por mi vida!
Pues qué: ¿me he de mover por un cristiano
cual por un vil y réprobo africano?
No te hacía tan tonto.
¡A perra gente, despacharla pronto!

(FÉLIX MARÍA DE SAMANIEGO)

—

En una visita de sociedad, una señora preguntaba al ilustre Camilo Flammarion:

—Maestro, ¿puede usted decirme lo que hay detrás de la Luna?

—Señora, no lo sé.

—¿Cuál es, entonces, la razón de esas abundantes lluvias que padecemos desde la guerra?

—Señora, no lo sé.

—¿Se acuerda usted del baile de los marcianos celebrado el año pasado? ¿Le parecieron a usted los trajes científicamente exactos?

—Señora, no sé nada.

Entonces la curiosa, impaciente, exclamó:

—Se burla usted, querido maestro. Entonces, ¿para qué le sirve a usted ser sabio?

A lo que el otro contestó:

—Para contestar algunas veces, señora, que no se sabe nada.

—

He aquí los términos en que Julio Janin daba cuenta, un lunes, en el *Journal des Débats,* del estreno de un melodrama titulado "Jenny Durand":

"Jenny ama a Alfredo; Alfredo ama a Jenny. Cuando Alfredo dice a Jenny: "¡Te amo, Jenny!", Jenny contesta a Alfredo: "Es usted casado, Alfredo"; a lo que Alfredo contesta: "Eso no importa, Jenny". Pero Jenny dice a Alfredo: "Importa mucho, Alfredo".

En ese momento surge la madre de Alfredo, que dice: "Importa mucho," Alfredo". Después Alfredo dice: "¡Adiós, Jenny!"

Jenny va a buscar a Alfredo en casa del padre de éste, para rogarle que la olvide. Pero Alfredo vuelve a casa de Jenny, y le dice: "No te puedo olvidar, Jenny". A lo que ella responde: "¡Olvídame, Alfredo!". Después, él le dice: "Yo quiero raptarte, Jenny". Ella le contesta: "Puesto que lo quieres, ¡llévame, Alfredo!"

Y Alfredo se lleva a Jenny, cuando entra el padre de Jenny, que dice: "¡No me la lleves, Alfredo!", y la madre de Jenny, que grita: "¡No nos abandones por Alfredo, Jenny!"

Se ha silbado a Alfredo; se ha silbado a Jenny."

—

Cierta noche que Pilar
de dormir tuvo deseo,
dijo: —Quisiera ya estar
en los brazos de Morfeo.—
Lo oyó una beata de estas
gruñonas en demasía,
y exclamó: —¡Qué deshonestas
son las muchachas del día!

(V. MARTÍNEZ)

—

Laurent Tailhade era un hombre en general muy tímido con las mujeres. Sin embargo, un día que una amiga, ya de edad avanzada, se aproximaba demasiado al poeta, éste, que era un gran conversador y galante, se sumió en un mutismo huraño del que no salía por nada.

—Pero, amigo Tailhade —exclamó la señora, sin poderse contener—, ¿es que no os inspiro nada?

Entonces Tailhade, glacial, inclinándose hacia ella, exclamó:

—Sí, señora: me inspira un sentimiento cuyo honor le corresponde por completo: ¡el horror del pecado!

—

—Vaya —dijo Poncio—; al mar
los cornudos, sin más ver.
— Y respondió Su mujer:
—Marido, ¿sabes nadar?

(J. OWEN)

—

Notas del álbum de Henri Becque:

...El hombre bien educado vive en casa de su amante y muere en casa de su mujer.

...El mejor recuerdo que una mujer conserva de un amante es cuando le ha sido infiel.

...Sólo hay dos clases de mujeres: las que se comprometen y las que os comprometen.

...Los favores de dinero, el que debía acordarse olvida, y el que debía olvidar se acuerda.

...El honor sólo tiene profesionales.

...La mitad de lo que escribimos es perjudicial; la otra mitad es inútil.

...Cuando abres la puerta, el que entra es un enemigo.

...Las grandes fortunas están hechas con infamias; las pequeñas, con porquerías.

...Las ilusiones respecto de una mujer a la que se ha amado se parecen al reumatismo: nunca desaparecen por completo.

—

EXTENSIÓN Y FAMA DEL OFICIO DE PUTA

No te quejes, ¡oh Nise!, de tu estado
aunque te llamen puta a boca llena,
que puta ha sido mucha gente buena
y millones de putas han reinado.
Dido fue puta de un audaz soldado,
y Cleopatra a ser puta se condena,
y el nombre de Lucrecia, que resuena,
no es tan honesto como se ha pensado;
esa de Rusia emperatriz famosa
que fue de los virotes centinela,
entre más de dos mil murió orgullosa;
y pues todas lo dan tan sin cautela,
haz tú lo mismo, Nise vergonzosa;
que aquesto de honra y virgo es bagatela.

(TOMÁS DE IRIARTE)

—

Un autor dramático recibe la visita de uno de sus abastecedores.

—Es usted muy poco galante negándome un billete de favor, a mí, su carnicero.

—Conforme... Pero, a su vez, haga el favor de darme una pierna de cordero de favor.

—

UNA FRASE DE FEYDEAU

Una de las artistas intérprete de su última obra era una muchacha encantadora, pero de una belleza... irregular.

—Es lástima que no tenga una linda cara —dijo al ilustre autor uno de sus mejores amigos.

—¿Y por qué? —preguntó, el autor de "La dame de chez Maxim".

—Porque tiene una boca admirablemente amueblada...

—No lo repitas fuerte... —dijo Feydeau en voz baja—, porque creo que no son suyos los muebles...

—

Un idiota recordaba a la célebre actriz Magdalena Brohán sus éxitos pasados, diciéndole:

—¿Qué quiere usted? ¡No se puede haber sido y ser!

Magdalena contestó:

—¡Cómo no! Se puede haber sido un imbécil y continuar siéndolo.

—

—Y usted, capitán, cuando una mujer le prohíbe hablarla de amor, ¿respeta usted la consigna o la viola?

—¿La consigna? ¡Nunca! ¿A la señora? Eso depende de su edad.

—

EL MODO DE HACER PONTÍFICES

Un joven arriscado
de una soltera estaba enamorado,
y al tiempo que a su lado estar podía
el dedo la metía
para saciar de amor su ardiente llama
sin que pierda su fama,
y ella, en tanto, la mano deslizando
por bajo de la capa
(que es quien urgencias semejantes tapa),
manejándole aquello, cariñosa,

le sacaba la savia pegajosa.
A este entretenimiento
puso fin de la Iglesia el cumplimiento;
fue a confesar el joven, cabizbajo,
y, contándole al fraile su trabajo,
en vano se disculpa,
pues su paternidad siente que es culpa
su diversión muy grave,
y en tono de sermón dice que sabe
que el Espíritu Santo
maldice al hombre que con vicio tanto,
por su infame malicia,
en la tierra su jugo desperdicia
cuando, bien empleado en cuerpo humano,
quizá produciría
un obispo o pontífice romano;
y que si le absolvía
era con condición de que volviese
pasada una semana
enmendado de culpa tan liviana
y que lo mismo hiciese
la cómplice infeliz de su delito.
Pasó el tiempo prescrito
y el penitente presentóse ufano.
—Padre —le dijo—, ya, por que no en vano
en la tierra se vierta la simiente
al tiempo que al salir se precipita,
mi amada, diligente,
la ha recogido en esta redomita,
que traigo para que haga lo que quiera,
echándola a su gusto en cuerpo humano;
pero si mi opinión prevaleciera,
sólo haría un pontífice romano.

(Félix María de Samantego)

LA PASTILLA

Auto sacramental en *un* acto

PERSONAJES

DHARDO:....... Príncipe sultán de Grattecons.
KHAPULLO: Princesa sultana de Sucepines.
KARAJHALDA: Madre de la princesa.
ALTRAMUZ: .... Gran sacerdote de Príapo.

Mas Capitanes, Guerreros, Esclavos y Esclavas,
Músicos y Danzantes.

La escena, en Grattecons, imperio magnífico, poderoso y primaveral; es decir, completa y totalmente verde y delicioso.

Época, la que mejor le parezca a cada uno; pongamos la Edad Media, por añadir una mentira más a todas las que ya le han atribuido.

Derecha e izquierda, las del espectador, con quien siempre preferimos ser atentos.

(Al levantarse el telón, aparece un palacio que es un sueño. Imagínese por la siguiente imprecisa aunque detallada descripción: sala maravillosa, sostenida por tres columnas (dos delante y la tercera en medio de éstas y más al fondo) de la siguiente composición, que aunque no creemos se le haya ocurrido a nadie no queremos patentarla: la base de cada una de las tres columnas es un prisma hexagonal dorado; Sobre ellos se apoyan tres estatuas de mármol negro, representando tres mujeres perfectas, enlazadas por los brazos y vueltas hacia afuera. Sobre la cabeza de estas tres estatuas, parece apoyarse un gran globo (por lo tanto, tres globos: uno por columna y por cada tres estatuas) dorado y esmaltado, como la base, y de él a la parte superior se elevan los arcos que sostienen el techo.

Al fondo, azotea. Más al fondo, un vergel.

A la derecha, un trono sobre unos escalones. En estos escalones, cojines y almohadones de todas formas, colores y tamaños, pero de los terciopelos y sedas más ricos.

El resto del decorado en armonía con tamaña suntuosidad.

La princesa Khapullo, sentada, no en el trono, pero sí en el escalón superior, suspira tristemente; motivos tiene, como se verá.

A sus pies está echada su esclava favorita. A los pies de ésta, varias más, todas jóvenes y bellas. La ropa que las adorna, rica, pero escasa, pues el país es cálido.

Apenas el telón ha quedado inmóvil en la parte superior, cantará una de las esclavas, que parece acompañarse con una especie de cítara amahometanada.)

ESCLAVA

Khapullo está triste.
Khapullo, la hermosa,
marchita en silencio
su cara de rosa.
Sus lágrimas, ¡perlas!,
tiemblan en su marcha [1]
sobre sus mejillas de nácar y grana,
como sobre un nardo
tiemblan, cual estrellas,
las gotas de escarcha
del alba temprana.
¿Qué tienes, princesa?,
¡oh, flor soberana!
Pétalos abiertos son tus labios rojos;
luceros, tus ojos;
hálitos de diosa, tus suspiros hondos;
dos copos de nieve, tus pechos redondos,
y tu boca loca, una brasa humana.

CORO

¿Qué tienes, princesa?, etc.

(Mientras esto ocurre, se acercan varias esclavas, que llevan diversas viandas sobre bandejas de oro. Pero la princesa lo rechaza todo. Finalmente, se aproxima un negro, que lleva en un cestillo magníficas frutas, el cual, hincando una rodilla en tierra, dice, ofreciéndoselas:)

ESCLAVO

Señora: traigo tal fruta
que sólo el verla convida.
Mira las bellas granadas,
de rubíes escondidos
y de corteza pulida.
Míralas: ¡cúpulas tiernas!

---

[1] No se moleste el lector, por paciencia que tenga, en contar los ripios; son tantos, que se fatigaría sin haberlos anotado todos. Los ripios son la especialidad del ripioso que escribió estos digamos versos, como de otros muchos que tratan por ahí de pasar por poetas, siendo apenas unos medianos rimadores.

Se ofrecen en los capachos
cual senos adolescentes
que adelantasen el pecho
en presencia de los machos.
Los albaricoques suaves
puedes tomar sin recelo.
Antes de granar, sus flores
blancas, infinitas, bellas,
son un racimo de estrellas.
Luego, por un don del cielo,
brindan sus doradas moles
cual ofrenda perfumada,
¡como minúsculos soles!
Higos: ¡bendita semilla!
Son más dulces y olorosos
que la flor de manzanilla.
¿Blancos?: ¡vírgenes de Grecia!
¿Negros?: ¡cual las de Etiopía!
Llenos de luz y arrebol.
Duros, ¡oh castos!, dais leche
vuelta mañana ambrosía
hecha de miel y de sol.
Peras: ¡frutas engañosas!
A veces agusanadas,
pero dulces y harinosas.
¡Siempre nos causáis placer!
Verdes, redondas y duras,
alargadas y maduras,
amarillas y olorosas.
¡Vuestra pulpa es tan sabrosa
como carne de mujer!
Y la azofaifa, y la cidra,
y la naranja divina,
y el limón: plata que en oro
se convierte al madurar,
y la almendra: ¡virgen casta!,
que se envuelve en triples mantos,
y el dátil, de ardiente pasta,
¡dulce maná del desierto,
tan sabroso de gustar!
En fin: plátanos maduros,
los de carne mantecosa y suave como un pastel,
los de formas atrevidas que dilatan las miradas

de las vírgenes en flor.
¡Oh eternos acariciados de viudas y divorciadas!
Frutos de piel lisa y grata
y de rigidez amada:
¡sois como eternos testigos
de la mitad del amor!

KHAPULLO

Trae; dame esa manzana
que, en sus colores tan suaves, amarillo y encarnado,
es como la tez, a un tiempo,
de un amante dichoso y de otro desdichado.
Fruta que mis ansias mide
y que hasta mi pena alcanza,
eres la olorosa imagen de todo lo que deseo.
¡Roja!: rubor que aún poseo.
¡Verde!: amor sin esperanza.

(Luego, la lánguida princesa dice con infinito desaliento a las esclavas, esclavos, etcétera:)

KHAPULLO

¡Marchad! ¡Dejadme ya! No quiero nada.

(A la esclava que está a sus pies:)

Menos tú.

(Van saliendo todos lentamente.)

ESCLAVA

¿Estás triste, señora y dueña mía?

KHAPULLO

Más que triste...: ¡estoy desesperada!

ESCLAVA

Tu pena no comprendo; no me explico...
Es algo que al más listo daría mico.

Yo, como todo el mundo, me creía
que aumentaba tu dicha día tras día.
Sultana, joven, bella, deseada...
¡Hasta no hace aún un mes que estás casada!

KHAPULLO

¡Casada!

ESCLAVA

Casada; claro. ¿Qué te desconsuela?

KHAPULLO

¡Pues eso!: que hace un mes que me han unido,
un mes que duermo al lado de un marido,
y aún estoy sin saber lo que es... canela.

ESCLAVA

¡Oh señora, confundes a tu esclava!
Segura estoy que el príncipe te amaba.
¡Qué digo amar!: que estaba ciego, loco.

KHAPULLO

Y, según él, aún no cesa de amarme.
Mas luego se contenta con... tocarme;
y no sé, pero creo que esto es poco.
Yo esperaba...

ESCLAVA

Habla, señora.

KHAPULLO

¡Qué sé yo! No lo sé a punto fijo...
Fue tan vago lo que mi madre dijo...
Era la noche antes de mi boda,
Vino a mi lecho y me besó en la frente.
Yo, llena de emoción, quedé turbada,

y ella, mirándome muy dulcemente,
dijo: "Mañana ya estarás casada,
cosa de mucho aunque parece nada".
A lo que yo repuse, resignada:
"Alá lo quiere. Él es omnipotente".
"Muy bien dicho; así quiero que contestes;
no como otras, que a todo dicen pestes."
Luego añadió: "Escúchame, hija mía,
rayo de luz, tarrito de ambrosía:
como mañana te han de ocurrir cosas,
es conveniente te halles preparada
para que de tu esposo la ternura
no tomes por un rapto de locura".
"Pues ¿qué me hará?"
"Decirlo sería largo,
y en tu inocencia no te harías cargo.
Hay en la vida, hija, ciertas dichas
que hay que gustarlas: pierden mucho dichas.
Mucho mejor es que para la aurora,
cuando despierte el leve pajarillo
y la Luna se hunda en Occidente,
bajes hacia el jardín pausadamente
y observes a la cuca y al cuclillo,
o, mejor, lo que el gallo y la gallina
hacen en un rincón o en una esquina."

ESCLAVA

¿Y bajaste?

KHAPULLO

Bajé, al llegar el alba, presurosa.

ESCLAVA

¿Y viste?

KHAPULLO

Vi; mas, por cierto, poca cosa.
Y, en efecto, llegó la noche ansiada;
las esclavas dejáronme desnuda

y el tálamo ocupé de desposada.

ESCLAVA

¿Y qué paso?

KHAPULLO

Pasó que Dhardo, el príncipe, hizo fallo.
No hizo nada; pero nada como el gallo.
Yo fingía dormir, pero acechaba,
y esperando que entrase, suspiraba...
Me decía: Khapullo, está dispuesta,
que llegará cantando y como airado,
y en cuanto escarbe y llame y alce cresta
es preciso que corras a su lado.

ESCLAVA

(Riendo.)

Pero ¿cómo? ¿Creías, por lo visto...?

KHAPULLO

Creía todo lo que había visto:
salir, cantar, llamar a la gallina,
picotear maíz, beber, rascarse,
tumbarse ella, saltar el gallo encima,
él volver a cantar y ella espulgarse.

ESCLAVA

Cómo, señora. ¿Y tú?

KHAPULLO

Yo no sabía, y hasta a comer maíz me disponía.

ESCLAVA

¿Y entonces?

KHAPULLO

Entonces, ¡nada! Calcula mi sorpresa,
Llega, se acuesta, toca, muerde, besa;
dice que soy su amor, su bien, su vida;
hasta que al fin, de extraña emoción presa,
junto a su pecho me dormí, rendida.

ESCLAVA

¿Y nada más?

KHAPULLO

¡Nada! Cual te lo digo.

ESCLAVA

¿Qué dijo al otro día la sultana?

KHAPULLO

Dijo: "¡Qué raro; te ha salido rana!"
Y al oír lo mismito que te he dicho
de sobre lo del gallo y la gallina
y después de reír como una loca,
me hizo saber que el hombre es otro bicho
y entrever lo que yo no imaginaba,
y aunque no supe todo de su boca
adiviné en su explicación ladina
por qué el gallo saltaba y la picaba
y por qué se dejaba la gallina.

ESCLAVA

Mas, al cabo de un mes, como marido
no es posible que el rey no haya Cumplido.

KHAPULLO

(Con desprecio.)

¡Príncipe Dhardo! Por Baco, vaya un mote.

Un hombre que suspira y no acomete.
¿Y para colocarme en este brete
nos ha unido el amor y un sacerdote?
Niña soy yo aún doncella; en estos puntos
no entiendo bien, como no entiendo el trance;
mas dime tú si sólo es *pa* este lance
que el hombre y la mujer se acuesten juntos.
Y aunque en lides de amor aún soy novicia,
he observado su cuerpo con delicia
mientras dormía, y ciertas diferencias
con el mío he notado, que no puedo
dudar vendrían como anillo al dedo.
Y una de dos: o Natura es bien taimada,
o estas cosas se han hecho y no por nada.
Altramuz, el pontífice ladino,
dijo al unirme a él: "Khapullo, entiende
que un rey es algo magno, algo divino".
¡Divino!... Pues si son así los dioses,
vayan en buena hora de verano.
Para un altar acepto su destino;
para el amor le quiero más humano.

(Levantándose y dirigiéndose hacia la izquierda.)

Ven; vámonos a beber algo de horchata.
¡Me ha cogido una pena que me mata!

(Llega el príncipe Dhardo por la derecha cuando va a salir y la detiene. La esclava se va, después de inclinarse profundamente. La escolta del príncipe queda inmóvil al fondo.)

DHARDO

¡Detente, esposa mía!

KHAPULLO

¿Qué pretendes?

DHARDO

Hablarte.

KHAPULLO

¿Hablarme? Entonces no hay tu tía.

DHARDO

¡Detente; te Conjuro!
No me pongas así en un nuevo apuro.

KHAPULLO

Déjame, Dhardo; me tienes fatigada
y no quiero contigo nada, ¡nada!,
pues leo aún en tus ojos un deseo
que no viene de Venus ni Cupido.
Eres más bien un novio que un marido:
no pasas de promesas y parcheo.
¿No es indigno que en vez de... dominarme
te contentes tan sólo con tocarme?

DHARDO

¡Khapullo, eres un libro hablando así!
Pero ven, mi sultana, apiádate de mí,
y desecha la duda que te asalta,
pues no es amor lo que hacia ti me falta.
Al contrario, te adoro en tal manera
que quisiera..., quisiera, sí, quisiera
que me volviese mi pasada estrella,
recuperar de nuevo el bien perdido
y probar que yo sirvo *pa* marido
mejor que sirves tú para doncella;
que no creas que siempre me he hallado
en este estado vil que estoy postrado.
Fui, al contrario, de niño tan precoz
y para amar de instinto tan feliz
que mi madre, que nunca fue feroz,
me procuró, a los doce, institutriz.
¡En esa edad en que, por dicha nuestra,
hallamos el consuelo con la diestra!
Bien descuidado estaba cierto día
en el que, pretextando una jaqueca,

me consolaba a fuerza de muñeca,
cuando me sorprendió y quedé turbado.
Y no sé bien después qué pasaría,
mas sí que, de sus manos castigado,
quedé más, más turbado todavía.
Mas soy tan dócil y toméla tal cariño
que, niño y todo que era, la hice un niño.
¡Mas qué sirve que alabe el bien perdido
si contigo no cumplo ni he cumplido!
¡Oh dioses! ¿Por qué estoy de esta manera?
Si os ofendí, decídmelo siquiera.
Mas no; es que me ha lanzado algún conjuro
un enemigo vil, cobarde y duro.

KHAPULLO

¿Tú crees?

DHARDO

Claro; físicamente no hay obstáculo.
Lo sé por mí y lo sé por el oráculo,
que, seguro y consciente de su oficio,
me ha dejado entrever el maleficio.
Escucha sus palabras, y di luego
si es asunto para tomado a juego:
"Rey: la espada irá a su vaina cierto día.
Pero, antes, esta espada
probar ha su osadía
sobre algo que fue mucho y ya no es nada."

KHAPULLO

¡A fe, que es misteriosa la réplica!
No veo en ella nada claro, ¡nada!

DHARDO

Sin embargo, el principio bien se explica:
tú debes ser la vaina y yo la espada.
¡Por desdicha, el final no lo comprendo,
aunque llevo diez horas discurriendo!

KHAPULLO

Un oráculo es siempre cosa oscura,
y el descifrarlo, empeño sin cordura.
Al menos, cosa larga, y yo ahora poca
paciencia tengo, porque ya estoy loca.
Y como lo que importa aquí ahora
es que no sigas haciéndome de menos,
sino que cumplas bien, ¡como los buenos!
te repito, más claro que la aurora:
hace un mes en tu lecho me atormento;
hace un mes que en deseos me confundo;
que te vengo diciendo lo que siento;
que me pones más roja que un pimiento,
¡y que estoy cual mi madre me echó al mundo!
Pues bien: no quiero estar de esta manera;
por mucho que uno guste de la fruta,
si sólo come pera, ¡es mucha pera!,
y estoy dispuesta ya a cambiar de ruta.
Escucha, pues: voy a tenderte un lazo;
una hora te doy...

DHARDO

¡Corto es el plazo!

KHAPULLO

O cumples o te vas a los infiernos.
De modo que o me das un buen abrazo
o, como cualquier hombre...,
¡tendrás cuernos!

DHARDO

(Mesándose el turbante.)
¡No, mi Khapullo! Escúchame, sultana.

KHAPULLO

Cual si cantaras; no me da la gana.
¡Dhardo..., perfora o tiembla por tus fueros!

DHARDO

¡No hagas, Khapullo, que prometa en vano!

KHAPULLO

Lo dicho, dicho está. Rey, ¡de verano!

DHARDO

¡Khapullo!

KHAPULLO

¡Basta!... ¡Seguidme, granaderos!
(Sale, seguida de la escolta de su marido.)

DHARDO

(Más desesperado que un empresario con el teatro vacío.)

Si hace lo que dice, va a saberse hasta en Malta,
y sólo de pensarlo la frente se me salta,
la vista se me nubla, la paz se me desvela;
soy lo más desdichado que hay de Pekín a Andorra;
mi pecho es un abismo, mi garganta es un nudo.
Y es que hembra defraudada todo lo traspapela.
¡Y pensar, si no puedo quitarme esta modorra,
que me veré burlado y que seré cornudo!
¡Mahoma! ¡Haz que la maldición se me levante!
Si no..., ¿a qué altura llevaré el turbante?

(Mirando hacia la derecha.)

Mas alguien allí viene; se divisa una falda.
Altramuz, el pontífice, llega con Karajhalda,
mi suegra, de quien todos me dicen que no fíe,
y van hablando bajo..., con misterio..., en secreto.
Voy a ocultarme un punto tras este parapeto
por si no fuese inútil que de ellos desconfíe.

(Se oculta por la izquierda en el momento que llegan Karajhalda, la ex sultana, madre de Khapullo, y Altramuz, el gran sacerdote de Príapo.)

KARAJHALDA

En fin, breve Altramuz, ¿qué quieres que te diga?
Lo que piense la gente se me importa una higa.
Suegra del rey, madre de la sultana,
de emperadores prima, de príncipes hermana
y con cien atributos a cual más esforzados,
no he podido ni puedo librarme de los hados
que dieron a mi cuerpo, ¡a esta mísera masa!,
un ardor que hace años me consume y me abrasa.

ALTRAMUZ

¿Cuántos?

KARAJHALDA

No he dicho el número, ni importa para el caso;
pero sí el que repita que muero, que me abraso,
y que quiero que busques en recursos cabales
uno que alcance pronto a remediar mis males.

ALTRAMUZ

Lo pensaré, señora.

KARAJHALDA

(Con infinito, melancolía.)

¡Apenas de diez años, Cupido me hizo suya!
Me engañó un primo mío, quien, por una aleluya,
me cambió, ¡si era entonces mi conciencia inocente!,
lo que después he hecho pagar a tanta gente.
Y no es que le maldiga, que casi aún le quiero:
es que encendió en mi carne tan terrible brasero
y en mi pecho tal ansia de que me amen y amar,
que ya mortal alguno no ha podido apagar,
pues contra más bomberos mucho menos me sacio,
bien trabajen de prisa, bien trabajen despacio.
Por ello, ya hace años...

ALTRAMUZ

¿Tal vez sesenta?

KARAJHALDA

Sea. Que vengo haciendo trizas
a príncipes y reyes de tierras fronterizas.
Que me casé, aun niña, con Mahomed el Rojo
al olor de la fama de su incansable arrojo.
¡Incansable, Altramuz!... ¡Quimera arrulladora!
¿No crees, sacerdote?

ALTRAMUZ

Kirieleisón, señora.
Bien sé le diste mate a pesar de su empaque

KARAJHALDA

¡Pero sin trampas, que antes le había dado jaque!
Que luego me uní a un príncipe del reino de Sagarra
sólo por el renombre de su alta cimitarra.
Y en verdad que el sagarra al pronto s'agarraba,
mas en tres meses justos quedó como una baba.
Y, en fin, así hasta siete, sin contar las ayudas:
ministros, capitanes y las guardias menudas.
Conmigo no ha habido uno que se haya puesto chulo;
más tarde o más temprano, todos dieron...

ALTRAMUZ

Comprendo y disimulo.

KARAJHALDA

¿Y no es triste ver hombres más débiles que niñas?
Tú mismo, ¿no recuerdas?, a poco más la diñas.
Yo no sé quién dio fama de fuerte al sacerdocio;
a no ser que la fama os venga por el ocio.

ALTRAMUZ

(Picado.)

Mi dignidad la fama por otras cosas tiene,
y bien a ti te consta por qué sitio nos viene.

KARAJHALDA

(Vivamente.)

Pues yo he conocido a muchos sacerdotes,
y no hay uno que pueda, seguidos, dar diez botes.

ALTRAMUZ

(Escandalizado.)

¿Diez? Eso no lo consigues sino de una pelota
¡Nos ha *amolao* ahora aquí la chepirota!

KARAJHALDA

(Muy contenta.)

¿De veras? Tengo, entonces,
el remedio en la mano
Vamos; vente conmigo.

ALTRAMUZ

(Muy escamado.)

¿Adonde?

KARAJHALDA

Al cirujano.

ALTRAMUZ

Karajhalda, chanceas.

KARAJHALDA

Altramuz, no chanceo.
O buscas un remedio para mi devaneo, o...

ALTRAMUZ

Detente. ¿Y si lo hubiera, por ventura, encontrado?

KARAJHALDA

Pontífice, ¿bromeas?

ALTRAMUZ

Obsérvame, sultana: más serio que un venado.

KARAJHALDA

Entonces, habla.

ALTRAMUZ

Escucha.
A la lucha, señora, no hay sino darla lucha,
y puesto que los dioses reconoces te han dado
ese temperamento tan noble y exaltado,
¿no crees que han debido formar, por consolarte,
un varón de una pieza capaz como de hartarte?

KARAJHALDA

¡Oh!

ALTRAMUZ

(Con magnífica exaltación.)

¡Todo amante, en la Tierra, ha de encontrar su amante!
¡Toda ficha, en el mundo, se iguala con su ficha!
Dice el *Zenda*...

KARAJHALDA

No importa; cambia de consonante.

ALTRAMUZ

¡Jamás!, ya que se trata, sultana, de tu dicha.

KARAJHALDA

Es decir, ¿que tú crees?... ¿Tú tienes?... ¿Tú conoces?...

ALTRAMUZ

Permite que te diga que es el secreto a voces.

KARAJHALDA

¡Su nombre! Di su nombre, que por saberlo ardo.

ALTRAMUZ

Se trata, simplemente, de tu yerno: ¡de Dhardo!

KARAJHALDA

¡Ah, bien conozco ahora que la suerte está echada!
Porque ¿quieres creerme que me tiene chalada?

ALTRAMUZ

Lo sé muy bien; por algo soy yo medio adivino.
Por lo mismo, hace días que preparo el camino.
Y por que no haya nada que pueda ser obstáculo,
a más de cierto truco, ya le he echado un oráculo
cuyo sentido oculto no puede ser que sepa
hasta que esté contigo *colao* hasta la cepa.

KARAJHALDA

¡Ah! Mas ahora que caigo: no has estado muy cuco.
Siendo recién casado...

ALTRAMUZ

¿Te has *olvidao del truco?*
Por miedo a sus excesos, por miedo al *sabotage,*
sin que él lo sospechara le preparé un brebaje,
que, desde el día mismo que le uní con Khapullo,
se cuela guapamente en el regio bandullo.

KARAJHALDA

(Accionando expresivamente.)
Entonces... Por lo visto... ¿De modo que...?

ALTRAMUZ

¡Ni pizca!

KARAJHALDA

(Abrazándole, a pesar de sus protestas.)
¡Altramuz, eres grande! Me estás dejando bizca.

ALTRAMUZ

Sí; pero no te extremes de ese modo, sultana,
que con esos transportes me arrugas la sotana.

KARAJHALDA

¡Voy a ser muy dichosa! ¡Dhardo mío! ¡Hijo mío!
Ahora veo bien clara de Khapullo la pena.
Y es que él..., claro..., ni pío.
¡Yo que lo atribuía a exceso de... cadena!

ALTRAMUZ

En cambio él, obligado a este mes sin... tabaco,
se va a portar contigo como un checoeslovaco.

KARAJHALDA

¡Los dioses te bendigan! Mas su estado me inquieta;
porque si yo algo anhelo, no es que me tenga a dieta.

De modo que termina, y di de cabo a rabo
qué he de hacer para hacerle que quede como un bravo.

ALTRAMUZ

Karajhalda, este asunto es cosa bien sencilla:
bastará que le hagas tragar esta pastilla,

(Saca una, que ella le arrebata y se guarda.)

y lo que languidece tomará tal vigor
que en seguida, seguro, que te hace un buen favor.

KARAJHALDA

¡Chipén! Pero una duda a este punto me aqueja:
¿no encontrará, sin duda, que estoy un poco vieja?

ALTRAMUZ

(Doctoralmente.)

Allá va este proverbio, y no le hay más seguro:
Karajhalda, *a buen hambre jamás está el pan duro.*
Además, no lo olvides: cosa es también segura
que hay quien a fruta verde la prefiere madura.
Sin contar, y no es cosa para tomada a risa,
que Júpiter nos libre a todos de una prisa.
Además, ex sultana, que juro por mi fe
que estás aún, mi palabra, como *pa* un volapié.
Yo en tu lugar, te digo que me inflaba de orgullo.
Capullo por capullo..., vales más que Khapullo.

KARAJHALDA

(Agradecida.)

¡Anda ya, sinvergüenza! De un nido no me caigo...
Claro que, bien mirado, una se trae algo.
Mas ven aquí, golfante, y hablemos con franqueza.
¿Qué planes traes metidos ahora en la cabeza?
Porque hace media hora que me das coba fina,
y eso es que tú te traes también una combina.

De modo que, a ver, canta y dime sin rodeos
a qué fin te has metido en estos cabildeos.

ALTRAMUZ

(Mirando a todas partes para cerciorarse que están solos.)

Karajhalda..., mi pecho voy a abrirte en secreto.
¡Es que estoy por tu hija más *chalao* que un paleto!

KARAJHALDA

¡Ya!

ALTRAMUZ

Soy viejo, Karajhalda; las mujeres sois fieras...
Y, la verdad, prefiero educar tobilleras.
Y ella, con su sonrisa y su mirada honda,
está, ¡dioses benditos!, está, vamos, que monda.
Y *pa* una niña cándida
nada hay como un pontífice.
Porque tú que conoces el paño, Karajhalda,
pon la mano en tu pecho.

(Ella lo hace, y él se la quita, durmiéndose en la suerte.)

Así; basta... Y di: para una falda,
entre un joven y un viejo, ¿quién es el más artífice?

KARAJHALDA

¡Altramuz!...,quedo helada ante este manifiesto.
¡Ibas a cometer, desdichado, un incesto!

ALTRAMUZ

¿Un incesto? ¿Qué dices, Karajhalda? ¿Estás loca?

KARAJHALDA

(Solemnemente.)

¡Que no vuelva a catarlo si ha mentido mi boca!
Calcula el tiempo que hace de nuestros ratos buenos
y tendrás su edad justa, día más, día menos;
y luego de este cálculo tendrás por cosa fija,
Altramuz, que mi hija es también, sí, tu hija.

ALTRAMUZ

(Malhumorado.)

No me metas en líos, sultana, te suplico.
Yo no recuerdo nunca haber tenido un chico.

KARAJHALDA

¡Naturalmente, hombre! La cosa bien se explica:
¡fui yo!, y no fue chico; ya ves que es una chica.

ALTRAMUZ

Además, sea o no sea cierta esa absurda quimera,
no ha de restar un átomo a mi pasión sincera.
Bien venidas las leyes *pa* los simples mortales;
pero a mí, sacerdote, no me alcanzan sus males.

KARAJHALDA

¡La razón es tan grande!...

ALTRAMUZ

¡Qué va a ser!... ¡Una almendra!
¿No puede un escultor poseer lo que engendra?
Además, si en nosotros manda Naturaleza,
no nos queda, querida, sino hincar la cabeza
y obedecer sus leyes y seguir sus mandatos,
y a ver si los halcones, y el águila, y los patos,
y el león en la selva, y el gatito casero,
y el perro, nuestro amigo, y el gorrión, y el jilguero,
y todos los que sienten impulsos cual yo siento,
preguntan a la hembra cuál fue su nacimiento.
Hijos, padres y hermanos se mezclan en barullo,
demostrando cordura, no escrúpulo ni orgullo.

KARAJHALDA

Pero el *Zenda* prohíbe...

ALTRAMUZ

¡El *Zenda* es un camelo!
Y, si me apuras mucho, voy a tirar del velo
y a decirte que el *Zenda,* y como él otros veinte,
son mentiras que urdimos *pa* engañar a la gente.

KARAJHALDA

Es decir...

ALTRAMUZ

Es decir que es preciso dejarse de pamplinas;
obremos bien, cual obran las simples golondrinas.
No olvides que el amor es asunto muy serio
e interesante siempre..., hasta sin adulterio;
y no siendo, por tanto, negocio de chiquillos,
no voy a andar ahora reparando en pelillos.
Además, mis oficios, mis trabajos, mis penas...,
llévanme a no meterme nunca en vidas ajenas.
Lo digo, Karajhalda, para verte calmada.
De lo que me importuna no quiero saber nada.

KARAJHALDA

¿De modo que tú crees?

ALTRAMUZ

Yo creo, y te aseguro,
a menos que pongamos a Zeus en un apuro,
lo cual siempre sería tremenda cosa impía,
que si de una pareja hemos salido todos,
¡a ver si no se unieron cual Rodrigo y la Cava
años más adelante!... ¡Y eran dos reyes godos!

KARAJHALDA

¿Es decir que persistes? ¿Persistes todavía?

ALTRAMUZ

¡Cómo no, si es tan mona!
O Júpiter lo impide,
o antes del nuevo día
se unirán en su lecho
mi mitra y su corona.
Y si es que tú te opones, no olvides, Karajhalda,
que así como protejo ahora tu amor lascivo
sabré ser, si me obligas, traidor y vengativo,
y en vez de aconsejarte te volveré la espalda.

KARAJHALDA

No, no, Altramuz; tal acto sería mi desdicha.
Sea; al precio que sea, consigamos la dicha.

ESCLAVO

(Apareciendo.)

¡Pontífice!, Príapo reclama tu presencia.

ALTRAMUZ

(A Karajhalda.)

¿Está dicho?

KARAJHALDA

¡Está dicho!

ALTRAMUZ

(Inclinándose ante ella.)

¡Ex sultana!

KARAJHALDA

(Devolviéndole el saludo.)

¡Eminencia!

(Sale Altramuz, y entra Dhardo.)

DHARDO

(Aparte.)

Ahora veo que un rey debe estar siempre alerta,
y que a veces conviene escuchar tras la puerta.

KARAJHALDA

Salud, hijo querido, mi muy amado yerno.

DHARDO

(Aparte.)

¡Mala bruja, mereces las penas del infierno!

KARAJHALDA

Mas ¿qué noto, sultán? Te veo reflexivo.
¿Algún asunto grave te tiene pensativo?

DHARDO

(A media voz.)

¡Quisiera en este instante ser yo el mismo demonio!

KARAJHALDA

¿Cómo? ¿Qué dices, hijo? ¿Hablas del matrimonio?

DHARDO

(Aparte.)

Finjamos un instante; urdamos la tramoya.
Coja yo la pastilla, y luego que arda Troya.

(A ella.)

Del matrimonio, sí. ¡Ay, infelice!
¡Al casarme, no supe bien lo que hice!

KARAJHALDA

¡Ah! ¿Es que regañaste con mi hija, la princesa?
Dilo, pichón; sé franco con quien bien se interesa
por todo cuanto es tuyo. Por quien sólo desea
que tu vida un continuo placer y dicha sea.
¿Es que te has convencido de que no sois felices?

(El príncipe hace un gesto sumamente amargo.)

Si es así, no lo ocultes, ni arrugues las narices,
ni bajes esos ojos que me quitan el hipo,
ni ocultes la sonrisa que a mi pecho alegra.
¡Qué te importa! Que mi hija no resulta tu tipo,
¡mejor! *Pa* lo que gustes, aquí *ties* a tu suegra.

DHARDO

(Aparte.)

¡Zas! Ya ha puesto el asunto en medio la corriente
Creo que más clarito, ni el agua de la fuente.
¿Y lo cree? ¿Y me disculpa? ¿Y hasta por mí se queja?
¡Qué pendón descarado es la maldita vieja!

KARAJHALDA

(Mimosa.)

¿Qué dices tan bajito? ¿En qué estabas pensando?

DHARDO

No pensaba, señora; es que estaba rezando.

(Aparte.)

Es preciso que finja, puesto que me conviene.

KARAJHALDA

¿Qué rezabas tú, cielo? ¿Qué rezaba mi nene?

DHARDO

Sí: rezaba, rezaba. Rezaba, y aun es poco;
rezaba por tu hija, ¡porqué me vuelvo loco!
¡Porque mis arrebatos no se me precipiten,
que estoy viendo que mando que me la decapiten!

KARAJHALDA

¡Calla, por Baco, Dhardo! Sólo el decirlo injuria.
¿Sabes lo que te ocurre? ¿Quieres que te lo cuente?
Pues que, aunque en ciertas lides pareces incipiente,
te sobra amor con ella y te falta... ¡lujuria!
Que esto es lo que le ocurre a todo el que se casa
con una chica joven y de experiencia escasa.
Os creéis que es bastante con cebolla y con pan.
No; las cosas ya cambiaron desde tiempos de Adán.
No basta un buen palmito ni un cuerpo retrechero;
el lecho más bendito es un lecho maldito
sin un poco de bulla y un poco de salero.

DHARDO

¡Ah, Karajhalda hermosa, creo que me adivinas!
Esas rosas tan tiernas tienen muchas espinas,
y yo quisiera algo... Yo quisiera otra cosa...
Yo quisiera experiencia unida a la ternura.
Quisiera más..., ¿comprendes?..., quisiera más gordura.
Una mujer cual digo que, llena de experiencia,
supiera bien que el arte no es arte sin la ciencia.

KARAJHALDA

(Aparte.)

¡Dioses, me adora! ¡Es mío! ¡Oh ventura sencilla!
¡Y no tener a mano un colchón o una silla!...
¡Me devora! ¡Qué ojos! Y es que el pobre está harto
de esperar. En cuanto a mí, fallezco. ¿Estará hecho mi cuarto?

DHARDO

(Aparte.)

¡Ojo, no tiembles, Dhardo! Si tiemblas, te mancilla.
¡Animo, a ver si puedes quitarla la pastilla!

(Suspira.)

KARAJHALDA

(Más dulce que la miel.)

¿Qué suspiras, lobito? ¿Qué dices entre dientes?

DHARDO

Que gimo bajo el peso de tales accidentes,
que debo confesarte, ya que me has comprendido,
que de cruel desgracia por siempre estoy herido,
pues Júpiter divino, no sé por qué, irritado,
del más fiero atributo del hombre me ha privado,
y que por mi desdicha, de aquí en adelante,
no podré ser marido, ni padre, ¡ni aun amante!
¡Y no es por mí sólo que doy mi pena al viento!,
sino por ti. ¿Qué haremos cuando llegue el momento?

(Gime.)

KARAJHALDA

Haremos tales cosas, ¡oh bien amado mío!,
que no son para dichas ni son para contadas.

Cosas varias y heroicas, y hasta cosas sonadas.
Confía en mí, lucero, como yo en ti confío.
¡Piensa, rey, que a mi vera toda cosa es sencilla!

DHARDO

¡Te engañas!

KARAJHALDA

No lo creas. Con sólo esta pastilla,
que pienso que te guste mucho más de la cuenta.

DHARDO

(Aparte.)

En cuanto te la coja te canto las cuarenta.

(A ella.)

Sígueme entonces, perla; todo mi cuerpo arde.

ESCLAVO

(Entrando.)

Señor.

DHARDO

Ahora no puedo.
(A ella.)

¡Arza!

KARAJHALDA

(Siguiéndole.)

Pa luego es tarde.

(Salen. Por el lado contrario llega Khapullo, de la mano de Altramuz; detrás, la escolta de la princesa.)

ALTRAMUZ

Para hablaros a solas es propicia esta sala.
Si queréis, vuestra escolta puede ahuecar el ala.
(A una seña de la princesa, se retiran.)
Como otras cien mañanas, sultana, esta mañana,
deseando que Zeus se os mostrase propicio,
de una gruesa ternera le hacía sacrificio
cuando vi vuestro horóscopo entre su sangre grana.

KHAPULLO

¡Cómo! ¿En la herida abierta por el puñal de acero?...

ALTRAMUZ

En ella mismamente, que es el signo certero
que enseña lo pasado y dicta lo futuro,
vi con pena, sultana, que estás en un apuro,
por fortuna no grave, ya que no es de dinero.

KHAPULLO

¿En un apuro dices? No acierto, no me explico...

ALTRAMUZ

He dicho que no es grande; pero tampoco es chico.

KHAPULLO

Pues habla; nadie escucha; háblame sin recelo.
Pero pronto y clarito; no me hables en camelo,
que ahora que no hay vasallos, ni esclavos, ni lanceros,
príncipes y pontífices podemos ser sinceros.

ALTRAMUZ

¡Oh, qué frase, sultana! Casi mi boca sella.
De la sultanería eres la Vázquez Mella.

¿Claro quieres que te hable? Acepto el requisito.
Hace un mes te invitaron a un banquete... picante;
es decir, que debía de picar y no pica.
Vamos, que aún estás en la sopa,
y que no hay quien te aguante.
Breve: que tu marido ni es marido ni amante.
¿Lo quieres más clarito?

KHAPULLO

¡Rejúpiter!

ALTRAMUZ

¿Quieres aún más? Pues oye: estoy bien enterado.
La ternera, cual digo, me ha mostrado el pasado,
y sé que tu marido no ha cumplido en nada,
a no ser en tocarte...

KHAPULLO

Eso sí, ¡y bien tocada!

ALTRAMUZ

Y abusa tal del tacto, aunque lo hace sin tacto,
que de tanto tentarte te tiene tan tentada
a echarlo a rodar todo, hasta el sagrado pacto,
que buscas un amante como quien no hace nada.

KHAPULLO

Todo eso, de mi mente es un vivo reflejo.
¡Caray con la ternera! Talmente era un espejo.
Pero no me reprendas, sacerdote supremo.
¿Es justo que me hayas casado con un memo,
que se pasa las noches allí, en aquella alcoba,
suspira que suspira, o soba que te soba?
Vamos, esto te digo que ya pasa de broma.
El maduró la breva..., ¡pues que otro se la coma!

ALTRAMUZ

Tienes razón, princesa, y ése es su destino:
lo he leído en el vientre de un pescado marino.

KHAPULLO

¿Sí? ¿Verdad?

ALTRAMUZ

Que manda que yo mismo, por cierto, en poco rato,
rompa al instante el cerco de tan cruel celibato.

KHAPULLO

(Maravillada.)

¡Qué bien habla este hombre, comparado a aquel tonto!
¡Júpiter..., no me dejes! O de dejarme, pronto.

ALTRAMUZ

¿Qué me dices, princesa?

KHAPULLO

¿Qué quieres que te diga? ¡Que turbas mi reposo!
¡Oh dioses, ayudadme! ¡Dad a mi mente luz!

ALTRAMUZ

Si no te ayudan ellos, yo te echaré una mano.

KHAPULLO

Pues ya que así prometes, no prometas en vano.
¡Ya tardas en echarme, dulcísimo Altramuz!

(Altramuz se arrodilla, la abraza las ídenes y le besa las manos. En tan delicado instante llega Dhardo, como un dardo, seguido de sus guardias.)

DHARDO

¿Ese perro a tus pies? ¡No dejes que te ladre!
Sobre decir mentiras, te advierto que es tu padre.

KHAPULLO

¿Mi padre?

ALTRAMUZ

¡Mi madre!

DHARDO

¡Tu padre!
Has de saber que aquí, este sabueso,
hace un mes me la está dando con queso.

(A él)

Pero hoy los dioses, tan sólo a mí propicios,
me han dado a conocer tus torpes vicios.

ALTRAMUZ

(Aparte.)

¡Pues si salgo con bien de este barullo,
desde el altar ya les diré lo suyo!

DHARDO

Pero juro, ¡tiembla ante mi coraje!,
que no vuelves a dar ningún brebaje.
Vas a ser ahorcado, cura sin fe ni ley,
que has querido poner los cuernos a tu rey.
Quiero que la sultana te contemple rezando.
Un mes te verá rígido, tanto como a mí blando.

(Hace una seña a los guardias, que se apoderan de él.)

KHAPULLO

(Tratando de defenderle.)

¡Alto! ¡Desdícete! ¡Que no le toquen ellos!
Revoca ese mandato que eriza mis cabellos.
Desdícete, que yerras. ¿Cómo ha de ser mi padre?

DHARDO

¿Cómo? Pues muy sencillo: durmiendo con tu madre.

KHAPULLO

¡Pues con doble motivo! Revoca su condena.
Si crees que ha faltado, condénale a otra pena.

DHARDO

Sea, puesto que hoy ¡nada!, mujer, he de negarte.

KHAPULLO

¿Ya vienes con promesas?

DHARDO

Vengo dispuesto a darte de mi pasión tal prueba
y de lo que soy y he sido ejemplo tan hermoso,
que quedes satisfecha y contenta de tu esposo.

(A Altramuz.)

¿Qué le haremos, compadre?, se te escapa la breva.

KHAPULLO

Darte crédito, Dhardo, amor mío, me cuesta.
No obstante, si te empeñas, héteme ya dispuesta.

DHARDO

(Pasándole la mano por la cintura y llevándosela.)

Ven conmigo, Khapullo, vida mía, mi gozo.

CAPITÁN

Señor, ¿y este bergante?

DHARDO

Echadle a un calabozo.

(Salen todos, y al instante llega
Karajhalda, hecha una fiera.)

KARAJHALDA

¿Dónde está ese canalla? ¿Tampoco está aquí?
¡Venus! ¿Cómo consientes que se burle de mí?
Más de cien mil ofrendas he hecho en tus altares;
diosa más venerada no hubo nunca en mis lares.
Pues bien; si no me vengas, juro por este quicio
que no volveré a hacerte jamás un sacrificio.
¡Cuando estaba a su lado más feliz que una alondra!
¡Cuando iba a hacerle cosas que haría una chiquilla!
¡Cuando loca, anhelante, le presto la pastilla,
la coge, se la traga, me llama repugnante,
viejo penco, esperpento, aborto de elefante,
y salta como un corzo, ¡qué digo!, como un ave,
dejándome encerrada con dos vueltas de llave!

(Cae en un diván apesadumbrada. Llega un esclavo con una bandeja, sobre la que se ve un magnífico plátano. Detrás de él, varios soldados.)

ESCLAVO

Señora, un instante.

(Ella levanta la cabeza.)

Permite, sultana,
que de parte del rey te entregue esta banana.

KARAJHALDA

¡Y qué fruta me manda! ¡Se burla! ¡Oh Zeus, te digo!...

(Se la enseña al esclavo, como poniéndole por testigo de su infortunio.)

ESCLAVO

(Encogiéndose de hombros.)

¡A tu edad!..., una banana va siempre bien a un higo.

KARAJHALDA

¡Ah, si estaré en desgracia, que un esclavo me humilla!
Y es que lo perdí todo al perder la pastilla.
¡Pues, nada! ¡Nada quiero ya de ese miserable!
Si algo quiere decirme..., que lo diga por cable.

ESCLAVO

Yo, ex sultana y señora, sus órdenes acato;
conque no seas terca, y trágate el mandato.

KARAJHALDA

(Coge el plátano, lo abre y saca de su interior una carta.)
¡Engañarme! ¡Villano! Toma; *pa* ti la caja.

(Le da la funda del plátano.)

Vamos a ver qué dice este rey de baraja.
(Lee.)

"Ex sultana de Persia," princesa de Etiopía,
aborrecida suegra y muy señora mía:
De hoy en adelante no saldrás de tu cuarto,
pues ya de tus hazañas, que conozco, estoy harto.
para castigar tu lujuria, ya añeja,
no tendrás más contacto que el de una esclava vieja.

será tu sustento en cada colación
o bien puré de nabos, o bien medio capón.
Esto escribo en el lecho, pegado a mi costilla,
que aprecia en lo que vale una simple pastilla.
Conque salud, y ruega a los dioses lares
que nos concedan pronto hijos sanos a pares."

(Muerde y deshace la carta.)

¡Mira, estúpido, el caso que hago de tu carta!
¡Ojalá no termine! ¡Que mal rayo le parta!
¡Que no pueda dormir tranquilo ni una noche!
¡Que si sale lloviendo, no encuentre nunca un coche!
¡Que, cuando lo desee, no consiga estar solo!
¡Que si quiere ir a un lado, salga hacia el otro polo!
¡Que, cuando quiera carne, sólo le sirvan peces!
¡Que el reloj se le rompa al mes catorce veces!
¡Que cada dos minutos le ocurra algún desastre!
¡Que su mujer enviude! ¡Que tenga un hijo sastre!
¡Que, cuando algo le pique, no se pueda rascar!
¡Que le pidan dinero sin poderse negar!
¡Que, toreando, sufra doscientas tres cornadas!
¡Que le afeite un barbero con las manos heladas!
¡Que, en invierno, la alcoba se le llene de humo!
¡Que si pide limones, que nunca tengan zumo!
¡Que aguante cada noche siete malas funciones!
¡Y sin cesar le digan discursos y sermones!
¡Que el hijo que más quiera se le marche soldado!
¡Que, si tropieza, caiga siempre en sitio empedrado!
¡Que, estando mal del vientre, le inviten a judías!
¡Y que todos los días, pero todos los días,
si no le gusta el ave, le conviden a pato!
¡Y le pasen recibo por el inquilinato!
¡Y tenga que vestirse con trajes catalanes!
¡Y sólo encuentre tortas cuando apetezca panes!
¡Y, en fin, ya que se cree tan seguro y tan cuco,
sea siempre burlado y mil veces eunuco!

ESCLAVO

Vamos, que el rey se acerca. Ven y deja de hablar,
pues, si te oye, por cierto que te manda empalar.

KARAJHALDA

(Trágicamente.)

¡Sí, sí; muera empalada! ¡Hacédmelo al instante!
Mas, por favor, mi negro..., ¡que sea por delante!

(Sale cuando entra el príncipe, Khapullo y todo su séquito. Él se sienta en su trono, y ella a sus pies.)

KHAPULLO

¡El sultán, mi señor, se ha vertido en su esclava;
podéis, pues, dar comienzo a la danza sagrada!

Y con una danza linda y bien medida
acaba esta función tan divertida.

FIN

LA CRÍTICA LITERARIA

TODO SOBRE LITERATURA CLÁSICA, RELIGIÓN, MITOLOGÍA, POESÍA, FILOSOFÍA...

La Crítica Literaria es la librería y distribuidor oficial de Ediciones Ibéricas, Clásicos Bergua y la Librería-Editorial Bergua fundada en 1927 por Juan Bautista Bergua, crítico literario y célebre autor de una gran colección de obras de la literatura clásica.

Nuestra página web, LaCriticaLiteraria.com, es el portal al mundo de la literatura clásica, la religión, la mitología, la poesía y la filosofía. Ofrecemos al lector libros de calidad de las editoriales más competentes.

LEER LOS LIBROS GRATIS ONLINE

www.LaCriticaLiteraria.com

La Crítica Literaria no sólo está dedicada a la venta de libros nacional e internacional, también permite al lector la oportunidad de leer la colección de Ediciones Ibéricas gratis online, acceso gratuito a mas que 100.000 páginas de estas obras literarias.

LaCriticaLiteraria.com ofrece al lector un importante fondo cultural y un mayor conocimiento de la literatura clásica universal con experto análisis y crítica. También permite leer y conocer nuestros libros antes del adquisición, y tener la facilidad de compra online en forma de libros tradicionales y libros digitales (ebooks).

COLECCIÓN LA CRÍTICA LITERARIA

Nuestra nueva **"Colección La Crítica Literaria"** ofrece lo mejor de los clásicos y análisis de la literatura universal con traducciones, prólogos, resúmenes y anotaciones originales, fundamentales para el entendimiento de las obras más importantes de la antigüedad.

Disfrute de su experiencia con nosotros.

www.LaCriticaLiteraria.com

www.ingramcontent.com/pod-product-compliance
Lightning Source LLC
LaVergne TN
LVHW090958080826
845145LV00003B/1046
9788470831768